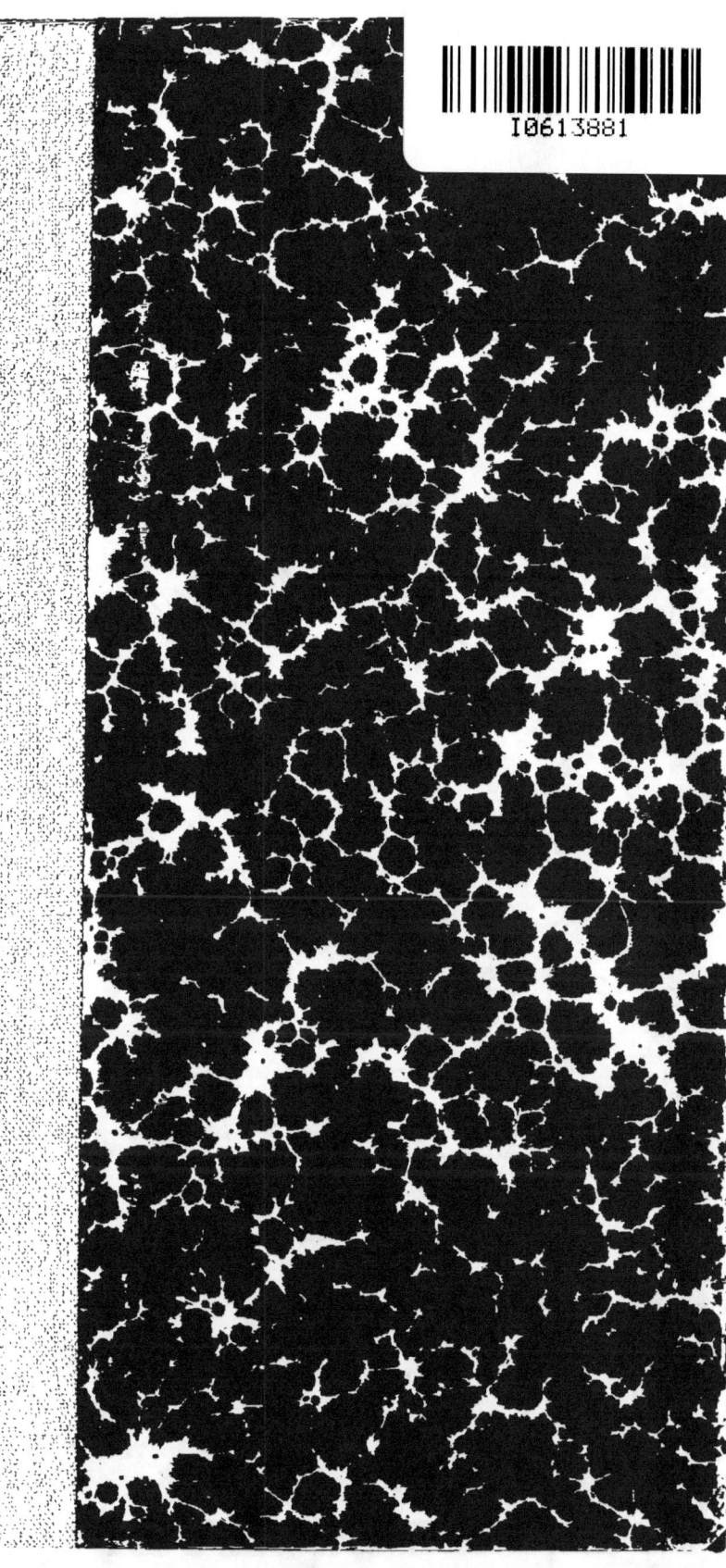

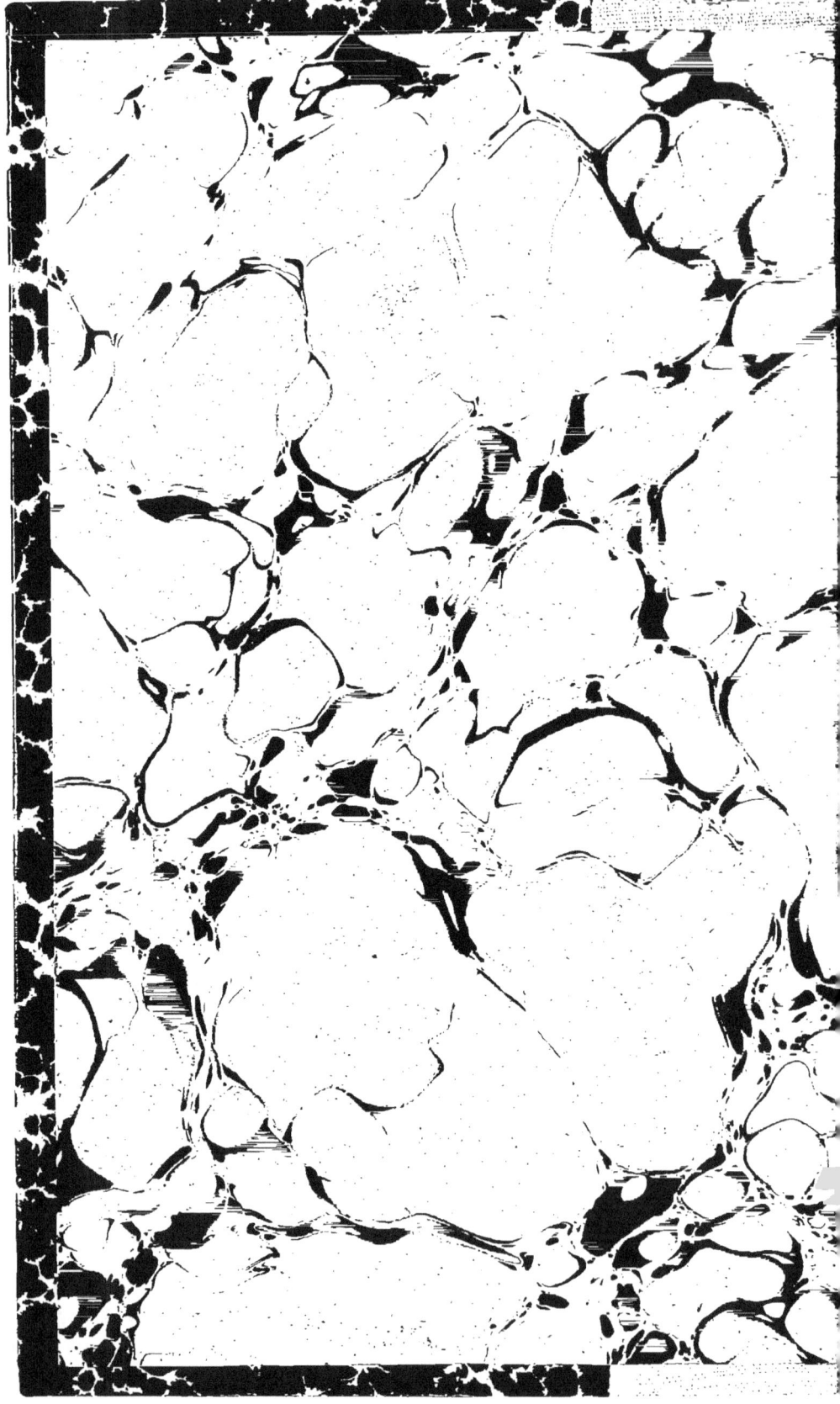

BOULANGER

L'AUMONIER

DU 3ME LEGER

Par M. ***

> « Seigneur ! préservez-moi, préservez ceux que j'aime,
> Frères, parents, amis et mes ennemis même,
> Dans le mal triomphants ;
> De jamais voir, Seigneur ! l'été sans fleurs vermeilles,
> La cage sans oiseaux, la ruche sans abeilles,
> La maison sans enfants ! ... »

32828

PARIS

IMPRIMERIE DE J. CLAYE

RUE SAINT-BENOIT

—

1875

L'AUMONIER

DU 3me LÉGER

L'AUMONIER

DU 3ᴹᴱ LÉGER

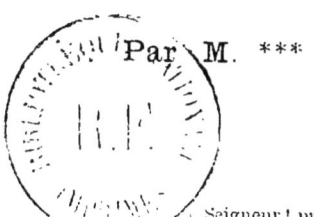 Par M. ***

> Seigneur ! préservez-moi, préservez ceux que j'aime.
> Frères parents, amis et mes ennemis même,
>   Dans le mal triomphants ;
> De jamais voir, Seigneur ! l'été sans fleurs vermeilles,
> La cage sans oiseaux, la ruche sans abeilles.
>   La maison sans enfants !.. »

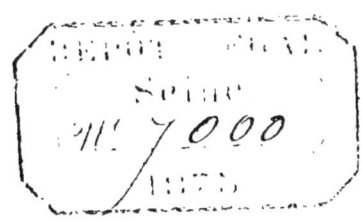

PARIS

IMPRIMERIE DE J. CLAYE

RUE SAINT-BENOIT

—

1875

EXTRAIT

DE

L'ANNUAIRE MILITAIRE

DE 1823.

INFANTERIE LÉGÈRE,

3ᵉ RÉGIMENT (DEUX BATAILLONS)

(Ex-Légion des Hautes-Alpes)

ÉTAT-MAJOR, 1ᵉʳ ET 2ᵐᵉ BATAILLONS A NANCY

Colonel. M. le MARQUIS DE TRESSAN (J.-P.-L. de La Vergne) ✠, ✳, 4 décembre 1812.

Lieutenant-colonel. M. DE KOCK (Jean-Pierre), ✠, O. ✳, 4 décembre 1822.

Chef de bataillon. M. GRÉGOIRE (Jean-Louis), ✠, O. ✳, 16 juin 1813.

 — M. D'AUSTRY DE SAINTE-COLOMBE (R.-M.), ✠, ✳, 17 juin 1815.

Major. M. DOLISIE (Michel-Henry), ✳, 3 avril 1818.

a

Capit. adj.-major. M. DE SANVILLE (Eugène-
Louis), ✳, 8 février 1813.

— M. RABUSSON (Ch.-François),
✳, 25 avril 1816.

Capit. trésor. M. CAPERAN (François–Jacques),
✳, 16 janvier 1822.

Capit. d'habillement. M. LEMAIRE (Jean-Michel), ✠
✳, 8 février 1812.

Aumônier. M. l'ABBÉ PUGIN (Jean-Antoine).

Chirurgien-major. M. PASCALIS (Jean-Louis), ✳,
3 janvier 1816.

Aide-major. M. PHILIPPON (Pierre), 19 oct. 1820.

— M. HOFFMANN (Charles - Henri),
13 avril 1821.

Capitaines.

MM.

PRUN (Ant.), ✠ ✳, 11 juillet 1810.

GRESSE (F.-B.), ✠ O. ✳, 21 septembre 1811.

DE L'ORNE DE SAINT–ANGE (Charles-Daniel), ✳,
30 avril 1812.

COLLINET DE LA SALLE (Ch.-M.), ✠ ✳, 22 juin 1812.

GOURBAËL (Julien-Jean-Baptiste-Marie), ✠ ✳,
23 septembre 1812.

MONTALUC (A.-M.-J.-S.-H.), ✠ ✳, 8 février 1813.

LACROIX (Jacques), ✳, 22 mai 1813.

CHABRE (E.-J.), ✳, 19 août 1813.

BEAUVILLAIN (J.-Bapt.), 29 septembre 1813.

DE VERNINAC SAINT-MAUR (F.-E.-F.-M.), ✳, 26 novembre 1813.

BOYER (J.-B.-A.-S.-P.), ✳, 3 avril 1814.

MUEG (Fr.-J.-Ant.), 30 avril 1814.

JACOLIN (Julien-Fl.), 11 janvier 1815.

DE GALIBERT (P.), ✳, 23 décembre 1815.

MAGNAN (G.-J.-B.), ✳, 17 février 1819.

BERGUE (P.-L.-J.-A.), ✳, 26 mai 1819.

Lieutenan's.

MM.

BÉRENGER (H.), ✠ ✳, 26 février 1813.

VAUSSEUR (D.-H.), ✳, 15 mai 1813.

GUERIN (Louis), ✳, 2 septembre 1813.

ROMAJON (Jean), 4 décembre 1813.

GIRARD (J.-J.-B.), ✳, 24 janvier 1814.

LE COMTE MONCHARVILLE (Arm.-L.), 15 juin 1814.

DUPIN DE JUNCARAT (Pierre-Mar.), 15 juin 1814.

DEVAUX (Fr.-Am.), 16 juillet 1814.

GAUDE (A.-J -J.), 1er août 1814.

VILLARS (L.-Cél.), 3 septembre 1814.

GERBAUD (Paulin), 15 octobre 1814.

Revel (F.-B.-M.-E.), 4 septembre 1815.

Martin Desfontaines (Alph.-Th.), 10 février 1816.

Du Cerf de Croze (Ed.-Aug.),   id.

Georgé (S.), ✠ ✳, 25 février 1818.

Clerc (Marcelin), 26 mai 1819.

Sous-Lieutenants.

MM.

Roussel (P.-Al.), 19 juin 1813.

Delmas (Guill.), 20 juillet 1814.

Faure (Fr.-Ad.), 1 mars 1815.

Moreau (Jos.-M.), 17 mars 1815.

Dequen (Hyac.), 4 mai 1815.

De Siest (Pierre), 10 février 1816.

Girard–Durozet (P.-Fr.-E.), 7 août 1816.

Motte (Jean), 14 août 1816.

O' Herron (J.-H.), 29 janvier 1817.

Boitel (Fr.-C.-Fel.), 6 mai 1818.

Pellissier (Ant.), ✳, 26 mai 1819.

Fache (Ant.-Aug.), 16 mars 1820.

Uhrich (Jean-J.-Al.), 15 octobre 1820.

De Pieyres (Batt.-Jean-Germ.-Louis), 1 oct. 1821.

Marulaz (Louis-Yv.), 1er octobre 1822.

Gouyon de Coepel (L.-J.-M.), 1er octobre 1822.

L'AUMONIER

DU 3e LÉGER

I.

Dans un temps comme celui où nous vivons, où l'on voit la critique, la haine et la calomnie poursuivre sans relâche tout ce qui est bon, grand et généreux, l'on ne doit pas s'étonner que, pour répondre au vœu de notre cœur, autant que pour rendre hommage à la vérité, nous venions faire l'éloge *d'un simple ecclésiastique* qui, par les vertus dont il a donné l'exemple, et par le bien qu'il a fait durant sa vie, a mérité l'estime et la reconnaissance de toutes les personnes qui l'ont connu. Honneur donc

1

à la mémoire de cet homme vénérable!
que la terre lui soit légère, et que ses
cendres reposent mollement dans la nuit
du tombeau!

C'était en 1823 ; *le 3ᵉ léger,* ci-devant
légion des Hautes-Alpes, aujourd'hui *78ᵉ de
ligne,* tenait garnison à Nancy. Il avait alors
pour colonel le marquis de La Vergne de
Tressan, d'une ancienne famille noble du
Languedoc, et petit-neveu du comte de
Tressan, l'académicien et l'auteur de plusieurs romans de chevalerie très-appréciés
dans le monde littéraire. Le corps d'officiers,
quoique composé d'éléments divers, étai t
aussi bon que possible, grâce au zèle infa-
tigable du colonel, qui se montrait d'une
sévérité draconnienne pour tout ce qui
concernait le service et la discipline de son
régiment. Ils formaient entre eux deux
camps opposés : *les jeunes* qui commen-

çaient leur carrière et qui étaient animés
des meilleures dispositions pour le gouvernement de la restauration, au lieu que *les
anciens,* qui avaient servi l'empire, paraissaient blessés ou mécontents. Ils prétendaient
que leurs services étaient méconnus, et que
l'avancement dans l'armée se donnait plutôt à la faveur qu'au mérite, et autres griefs
semblables qui témoignaient déjà de l'irritation des esprits. Ce fut là, il faut bien le
reconnaître, le premier germe de cette
opposition libérale qui a tenu si longtemps
en échec le gouvernement des Bourbons,
et qui a été continuée depuis avec succès
par les généraux *Foy* et *Lamarque.* Il semblait déjà que c'étaient *les brigands de la
Loire* qui sortaient triomphants de leurs
tombes pour venir demander vengeance !

L'aumônier est un officier ecclésiastique
attaché à la personne des évêques, des rois
et des princes pour desservir leur chapelle,

exercer auprès d'eux le ministère sacré et
distribuer leurs aumônes. On donne aussi
ce nom aux prêtres attachés à un corps de
militaires ou de marins, à un lycée ou
collége, à un hospice ou tout autre établissement public. Tous doivent être approuvés
de l'évêque diocésain. On fait remonter à
l'an 742 l'institution des aumôniers de
l'armée ; supprimés en 1830, ils ont été
rétablis en 1854 pour le temps de campagne seulement ; les aumôniers de marine
avaient été maintenus ; leur service est
réglé par les ordonnances des 29 novembre
et 16 décembre 1815 et du 8 janvier 1823.

Les aumôniers de régiment avaient dans ce
temps-là une tâche assez difficile à remplir.
Je ne parle pas seulement au point de vue
religieux. Mais ils étaient nommés et insti-
tués par les évêques, pour enseigner la vie
morale à des milliers d'individus, pour la
plupart incultes et ignorants, et dont, avec

du travail et de la patience, on finissait par
faire de bons soldats. Or, combien y en
avait-il parmi tous ces hommes-là qui ne
savaient pas même lire et qui n'avaient, par
conséquent, aucune notion en fait de religion? C'est dans ce cas-là que l'intervention
de l'aumônier devenait absolument nécessaire. Il faut dire qu'à cette époque l'ignorance était intense et à peu près générale;
aussi quand il se rencontrait de ces hommes
assez éclairés pour pouvoir instruire et
diriger les masses, l'opinion publique, qui
ne marchande pas avec les services rendus,
leur en tenait compte, en les comparant à
ces phares lumineux et bienfaisants qui
guident et éclairent les navigateurs pendant
le silence et l'obscurité des nuits. Mais que
de prudence il fallait à l'aumônier pour s'ac-
quitter de sa mission de paix et de conci-
liation à l'entière satisfaction du régiment!
que de tact surtout et de présence d'esprit

il avait à déployer, pour ménager cette
libre militaire toujours si ombrageuse et
si facile à s'emporter !

C'est ainsi que *l'abbé Pugin* comprenait
et pratiquait ses devoirs d'aumônier au 3e léger. Comme il était d'une bonté parfaite
et d'une tolérance excessive pour tout ce
qui concernait les exigences de son ministère, il avait acquis au régiment une grande
popularité, qu'il savait du reste mettre à
profit, quand il s'agissait de rendre service
à ses chers camarades, car son titre d'aumônier lui conférait le rang de capitaine.

On dit que dans certaines occasions, il
faut demander peu pour obtenir davantage.
Or c'est en faisant toutes les concessions
que sa conscience lui permettait de faire
qu'il ramenait par sa parole évangélique
plus d'un cœur égaré et repentant. L'aus-
térité de ses principes n'était pas telle qu'il
dût fermer sa porte à tous les plaisirs du

monde. Il aimait au contraire la gaieté et la
bonne humeur, et quand il entendait faire
une plaisanterie, dès le moment qu'elle
était inoffensive, il l'approuvait volontiers.
Personne mieux que lui ne savait mettre à
la raison les insolents et les importuns; et
quand il en rencontrait sur sa route, il
trouvait dans la vigueur de son bras ou de
ses poumons la force nécessaire pour leur
imposer silence. Il ne pouvait admettre
en effet qu'un homme, parce qu'il était
revêtu du caractère de prêtre, dût être
assez tolérant pour accepter sans rien dire
une offense que certes un laïque n'aurait
pas supportée. Partisan dévoué et convaincu
de la légitimité, plus d'une fois il avait
croisé le fer pour affirmer ses opinions
royalistes. On prétend même qu'il doit
encore exister, dans le département de la
Haute-Loire, des personnes qui ont eu
affaire à lui et qui savent par expérience

qu'il est des hommes *portant la soutane,* qui manient l'épée tout aussi bien que la parole, car l'abbé était un excellent prédicateur.

Les officiers du 3ᵉ léger qui étaient parfaitement renseignés sur les qualités batailleuses de leur aumônier, étaient bien convaincus, en voyant surtout la cicatrice qu'il portait à l'avant-bras droit, et qui était le résultat d'un coup de sabre, selon toute apparence, qu'il saurait toujours et en toute occasion faire respecter sa personne comme le caractère sacré dont il était revêtu. Aussi n'avaient-ils aucune crainte à son égard. Ceux d'entre eux qu'il fréquentait le plus habituellement étaient *le major Dolisie* et le *capitaine B***,* du deuxième bataillon, qui avait trois petites filles qu'il appelait amicalement *ses enfants,* parce qu'elles étaient nées au régiment, et que c'était lui qui, en sa qualité d'aumônier, les avait baptisées. Mais nous aurons occasion plus tard de reparler de la famille du capitaine B***.

Pendant ce temps-là l'expédition d'Espagne suivait son cours. Le 3e léger avait reçu l'ordre de quitter Nancy pour aller à Bayonne, et il était parti en deux colonnes pour se rendre à sa destination. C'était *un branle-bas général* dans toute la France : cent mille hommes de nos meilleures troupes s'avançant en Espagne pour soutenir une cause qui nous était étrangère et remettre sur son trône un roi qui passait pour ingrat et déloyal ; évidemment cette expédition-là ne pouvait pas être du goût de tout le monde. Parti de Bayonne le 6 avril, à la tête d'une armée pleine d'ardeur et conduite par des officiers généraux dévoués au gouvernement et au roi, le duc d'Angoulême pénétra en Espagne et arriva à Madrid sans rencontrer de grands obstacles. Le plan des généraux français était de se porter

2.

rapidement sur cette capitale par le centre de l'Espagne, tandis que les deux ailes de l'armée balayeraient les côtes de la Méditerranée et de l'Océan. Celui des Espagnols paraissait être de laisser engager les troupes françaises jusqu'au cœur de l'Espagne et de chercher à les combattre alors avec avantage. Les cortès quittèrent Madrid pour aller établir le gouvernement à Séville et de là à Cadix, où le roi fut entraîné malgré lui. Renfermés dans Cadix, le roi, la famille royale, et les cortès n'eurent bientôt plus d'espoir qu'en *Mina, Riego et Quirogua*. Mina se défendit comme un lion ; mais il fut enfin forcé de capituler ; enfin Riego, le héros de la révolution d'Espagne, l'idole des patriotes en même temps que l'objet de la haine des absolutistes, Riego, dont le courage et le patriotisme ne se démentaient jamais, fut pris par les Français et livré aux Espagnols qui le firent périr misérablement.

La défection de Balasteros, le triste sort de
l'expédition de Riego, la prise du Trocadéro
et du fort Santi-Petri près de Cadix, déci-
dèrent les cortès à rendre à Ferdinand VII
sa liberté : il en profita aussitôt pour se
réunir au duc d'Angoulême à Puerto-Sainte-
Marie.

« Le premier acte du roi d'Espagne fut de
déclarer nul tout ce qui avait été fait depuis
le jour où il avait accepté la constitution,
et de rentrer dans toute la plénitude du pouvoir absolu. Tel fut le résultat de cette
guerre que les hommes monarchistes de la
France et la Sainte-Alliance portèrent dans
la péninsule espagnole, guerre déplorable
dans laquelle la France répandit le sang de
ses soldats et l'or de ses peuples, pour
rétablir sur son trône un roi qui se montra
ingrat et déloyal. L'état d'agitation, ou plutôt
de désorganisation, dans lequel se trouvait
ce malheureux pays, exigea une prolon-

gation de l'occupation des troupes françaises
qui fut fixée à quarante-cinq mille hommes,
jusqu'en janvier 1825. Mais comme le roi
absolu n'avait pas d'argent, les frais de
cette occupation furent encore à la charge
de la France, comme l'avaient été ceux de
la guerre. » (ANQUETIL, *Histoire de France,*
tome XIV.)

Le 3ᵉ léger, quoique arrivé des derniers,
avait pris une part glorieuse à l'expédition
d'Espagne. Ainsi au siége de Pampelune
il eut une centaine d'hommes mis hors de
combat, et, à la prise du Trocadéro, le colonel de Tressan eut son chapeau traversé
par une balle; l'aumônier, qui parlait l'es-
pagnol comme le français, rendit de grands
services pendant toute la durée de la campagne. Aussi le colonel ne faisait-il rien
sans le consulter, surtout lorsqu'il fallait
réquisitionner des vivres ou établir des cam-
pements pour la troupe. C'est principalement

dans les presbytères qu'ils logeaient. Le
clergé en général était favorable à notre
cause et accueillait bien nos soldats. Il
n'y avait que les habitants, qui n'approu-
vaient pas notre intervention dans les affaires
de leur pays, qui nous étaient hostiles ; ceux-
là nous fermaient volontiers leur porte. Je
viens d'apprendre à l'instant que le 3ᵉ léger
rentre décidément en France et que le
1ᵉʳ bataillon, qui est déjà rendu à Dax,
attend prochainement l'arrivée des autres
compagnies qui sont détachées à Saint-Sé-
bastien. Enfin les dernières nouvelles du régiment sont bonnes. Le colonel de Tressan,
en récompense de sa belle conduite, est fait
général de brigade et nommé au commandement du département de la Haute-Marne.
Le capitaine B***, membre de la Légion
d'honneur et chevalier de l'ordre royal et
militaire de Saint-Louis, est nommé commandant du recrutement à Montbrison.

L'aumônier, l'abbé Pugin, quitte également
le régiment pour suivre le général de Tressan
à Chaumont. Tout est bien qui finit bien.
La paix d'ailleurs ramène la joie et l'espérance dans tous les cœurs, et en revoyant
nos drapeaux troués par les balles ennemies
plus d'un patriote va s'écrier sans doute
« Vive la France et vive l'armée ! . . . »

. . . .

Hélas ! sire, que n'avez-vous accepté la
régence de votre neveu monseigneur le
comte de Chambord ! Que de malheurs
vous auriez épargnés à la France, ainsi qu'à
votre auguste famille ! Quelle épouvanta-
ble catastrophe ! Que de ruines amoncelées
autour de nous en quelques heures ! Tout ce
que nous redoutions est arrivé, tout ce que
nous aimions a disparu ! Les aumôniers sont
supprimés ; le général de Tressan comme
tant d'autres est destitué de son commandement. Son fils, le comte Galaor, qui sor-

tait de l'École des pages, est rayé des
contrôles de l'armée, sa carrière est entièrement perdue et son oncle, le comte de
Fautras, perd sa place de gentilhomme
ordinaire de la chambre du roi. Que d'in-
fortunes imméritées parmi nos amis et nos
connaissances! Ah! si j'avais à rendre
compte des causes qui ont amené cet affreux
cataclysme de 1830; si je connaissais un
moyen pratique pour en prévenir ou en em-
pêcher le retour, comme j'aimerais à dévoi-
ler l'astuce et la mauvaise foi de ces hommes
pervers qui entraînent les masses dans ces
jours de troubles et d'insurrection! Mais
qu'ils sachent bien que, si jamais ils par-
viennent au pouvoir qu'ils envient tant, ils
feront les affaires du pays beaucoup plus
mal que ceux dont ils convoitaient la place;
parce qu'ils ont des opinions et des doctri-
nes impossibles, puisées dans *les clubs et les
sociétés secrètes,* et que nul gouvernement

qui se respecte ne veut admettre ni accepter
aujourd'hui en principe ! Ah ! messieurs les
radicaux, vous croyez, parce que vous êtes
ou avez été des orateurs de clubs, ou des
professeurs de barricades, que vous avez la
science infuse, et surtout la science gou-
vernementale, qui est la plus sérieuse et la
plus importante de toutes, puisqu'elle ne
s'acquiert que par de longues études et
une connaissance approfondie des hommes
et des choses ! Eh bien, détrompez-vous,
car ces qualités-là vous ne les possédez pas.
Quant à ces *nouvelles couches sociales* qui sont
le sujet principal de vos discours à effet,
ne vous en occupez pas davantage; car les
bons ouvriers, j'entends par là ceux qui
travaillent et ne s'enivrent pas, n'ont pas
besoin de vos conseils ni de votre protection pour gagner honnêtement leur vie.
Guidés par l'économie et l'amour du devoir,
ils rapportent à leurs ménagères le produit

quotidien de leur travail, sans même en distraire une obole pour le cabaret. Voilà précisément ce qui cause votre mécontentement !... N'est-il pas triste, en effet, de penser que ces populations si intelligentes et si laborieuses, qu'on cherche à égarer avec les subtilités trompeuses de la politique, tant qu'elles n'auront pas déchiré le bandeau qui leur cache la lumière et la vérité, seront constamment à la merci de ces charlatans vulgaires qui se donnent pour mission d'instruire et de catéchiser le peuple, pour s'emparer plus facilement de son esprit !

Il me tarde de reprendre mon récit que j'ai été obligé d'interrompre à cause des événements politiques. Mais comme nous marchons de révolution en révolution, je ne puis passer sous silence celle de 1848, qui fut en quelque sorte le corollaire de celle de 1830. Il s'agissait alors de *l'adjonction des*

capacités à la liste électorale et du jury à
laquelle le gouvernement d'alors était oppo-
sant. La révolution a commencé d'abord au cri
de : *Vive la réforme !* elle a continué ensuite
au cri de : *Vive la république!* pour finir
plus tard au cri de : *Vive Napoléon III!*
mais combien nous sommes loin dans ce
moment-ci du règne des capacités ! ne sommes nous pas plutôt dans le royaume des
ténèbres depuis l'invasion du suffrage universel.

Il y a dans la vie des peuples des jours
néfastes que l'on voudrait pouvoir effacer de
l'histoire. Le 24 février 1848 eut, pour Louis-
Philippe, les mêmes conséquences que la
journée du 13 juillet 1789, pour l'infortuné
Louis XVI. Le coup de pistolet du boulevard
des Capucines changea les destinées de la
France, comme le coup de sabre du prince
de Lambesk dans les Tuileries fut le signal
de la première révolution. L'un se termina

par l'exil et l'autre par l'échafaud. Quand
les esprits sont surexcités par les passions
anarchiques, malheur au gouvernement qui
est assez imprudent pour s'endormir dans
la confiance absolue de ses droits! il suffit
d'une étincelle pour allumer un incendie dont
nulle puissance humaine ne peut ni prévoir
ni mesurer l'étendue. La première remarque
à faire sur les révolutions, c'est que le per-
sonnel qui les conduit est toujours composé
d'hommes vaniteux et médiocres. Ce sont,
en général, des avocats qui n'ont pas réussi
au barreau, des médecins qui ont échoué
auprès des malades, des hommes de lettres
qui ont trouvé le public indifférent à leurs
œuvres. Le travail lent, opiniâtre, honorable, répugne à ces caractères joueurs et em-
portés qui sont capables d'un *effort* violent
pour ramener la Fortune d'un coup de dé,
mais qui sont incapables d'efforts soutenus,
raisonnables et successifs pour conquérir

graduellement, légitimement, un patrimoine,
une renommée. Tels furent en France, au
début de la première révolution, Camille
Desmoulins, Danton, Marat, Saint-Just,
Robespierre, Mirabeau lui-même. Tels, au
début de la seconde, Louis Blanc, Ledru-
Rollin, Armand Marrast. Sans les troubles
publics qui les élevèrent inopinément, aucun
de ces hommes n'aurait atteint le premier
rang dans aucune carrière.

La révolution de février 1848 fut pré-
parée par ce qu'on appelait les hommes du
centre gauche, tous sincèrement dévoués à
la royauté. Il n'en était pas un seul qui ne
crût aux longues destinées de la famille
d'Orléans et qui n'eût reculé devant l'idée
de l'ébranler seulement. Ces hommes mo-
narchiques produisirent, on sait pour quel
misérable but d'ambition personnelle, l'agitation, l'irritation des esprits. Ce sont eux,
en un mot, qui firent réellement la révolu-

tion. Les démagogues n'eurent qu'à en profiter. Aussi les hommes des clubs, des
sociétés secrètes, les révolutionnaires ne se
jetèrent-ils dans le mouvement qu'à la dernière heure; quand la monarchie était sapée,
sans appui, sans étai, et qu'il n'y avait plus
qu'à la pousser pour la mettre à terre. Les
Thiers, les Molé, les Odilon-Barrot avaient
commencé le mouvement; les Louis Blanc,
les Armand Marrast, les Ledru-Rollin l'a-
chevèrent ; c'est donc bien notre faute, il
faut l'avouer, si nous ne savons encore ni
prévenir ni réprimer la révolution. Sa
marche bien connue est partout la même.
En France et dans toutes les monarchies,
elle s'est d'abord attaquée à l'Église catholique, puis à la royauté, puis aux institu-
tions civiles, puis enfin à la propriété.

Quand le mal est fait, et qu'il est devenu
irréparable, il n'est plus temps alors de
faire entendre d'inutiles regrets et des

récriminations désormais sans objet. Mais
comment se fait-il qu'un gouvernement, qui
avait pour lui la force et la majorité, ait pu
se laisser surprendre et désarmer ainsi en
quelques heures, par une poignée de factieux auxquels s'étaient jointes quelques
compagnies de la garde nationale dont il
eût été si facile d'avoir raison, si on eût
voulu seulement mettre à profit les sages
conseils et l'énergie bien connue du maréchal Bugeaud!... Il faut avoir assisté à la
dernière séance de la Chambre des députés,
pour avoir la mesure de la couardise et de
la félonie de ces hommes qui se disaient les
soutiens du trône et les défenseurs de la
royauté, et qui l'ont si lâchement reniée et
abandonnée au jour du danger... Que n'é-
tiez-vous là. ombre vénérable de Mathieu
Molé! Vous qui, dans votre longue carrière
de magistrat, avez déployé une fermeté à
toute épreuve et su concilier les devoirs du

grand citoyen avec l'obéissance due à l'autorité royale! Pendant les troubles de la
Fronde, vous êtes allé à travers les barricades, au risque de votre vie, réclamer à la
cour deux conseillers arbitrairement arrêtés.

Puis envoyé à Rueil auprès de la reine
pour proposer un accommodement entre la
cour et les Frondeurs, vous parvîntes par
vos rapports à rapprocher les partis!
(1649.)

Que n'étiez-vous là, ombre illustre de
Boissy-d'Anglas, pour rappeler à des députés félons votre courage et votre héroïque
fermeté! Vous aussi vous présidiez la Convention le 1ᵉʳ prairial an III (20 mars 1795) ;
le peuple des faubourgs insurgés, ayant
envahi la salle des séances, voulait forcer
la Convention à rétablir le régime de la
terreur; on vous insulte, on vous menace,
et, pour vous effrayer, on place devant vous
la tête du représentant Féraud qui venait

d'être assassiné sous vos yeux. A la vue de cette tête, vous vous découvrez pour saluer votre infortuné collègue; puis après vous être rassis, vous restez impassible au milieu de cette scène de désordre et d'effroi et forcez par votre courage la populace à s'éloigner sans avoir pu accomplir ses criminels projets!

M. le maréchal Bugeaud, consulté par le roi Louis-Philippe sur ce qu'il y avait à faire au moment des journées de février 1848, aurait, dit-on, répondu : « Que Votre Majesté me donne le commandement de Paris, et je me charge de faire avaler aux Parisiens, le sabre d'Isly jusqu'à la garde. » — Il est donc notoire aujourd'hui que le roi avait tout sacrifié à la répugnance de laisser verser plus de sang pour sa cause. M. de Lamartine l'a dit lui-même. — « Il en eût peut-être été autrement, si ce prince n'eût été trop humain et

trop constitutionnel pour les politiques factieux et sans scrupules auxquels il avait
affaire; comme pour le peuple turbulent,
corrompu, ingrat et irréfléchi qu'il avait à
gouverner. »

Enfin nous voilà encore une fois sortis
d'embarras, grâce à la main puissante et
énergique qui vient de s'emparer du pouvoir! Mais conserverons-nous longtemps
cette tranquillité d'esprit et ce calme des
rues qui viennent de renaître comme par
enchantement? Il faut bien l'espérer, puisque
la garde nationale est supprimée, que la
mauvaise presse est interdite ou bâillonnée,
et que les faiseurs d'émeute et de barricades
sont arrêtés et mis dans l'impossibilité de
faire le mal. Voilà donc le résultat de *ce coup
d'Etat* si vanté par les uns et si blâmé par
les autres.

. . . . « Si forte virum quem
Conspexere silent. »

Le coup d'État du 2 décembre fut un de
ces faits politiques que la postérité n'hési-
tera pas à absoudre ; car, en dehors de la
question légale, il est dans la vie des peuples
de ces crises graves, de ces situations
désespérées où il faut agir, en oubliant
pour un instant la loi et en ne tenant plus
compte que du danger, de l'opinion et du
but à poursuivre. Seulement ces situations
anormales sont extrêmement rares, et il ne
faut pas que les hommes d'État soient trop
aisément entraînés à voir de ces dangers
dans la vie politique.

II.

Je reprends maintenant mon récit, et je reviens au 3e léger. Mais combien le temps a dû faire de vide dans les rangs de ce beau régiment, qui a été pour ainsi dire renouvelé en entier depuis la campagne de 1823! Parmi les officiers que nous avons cités, il en est plus d'un aujourd'hui qui manque à l'appel. Ainsi le major *Dolisie* est mort quelque temps après avoir été mis à la retraite, et l'ancien colonel du régiment, le marquis de Tressan est décédé en 1841, au château *de Bellot* près de la Ferté-sous-Jouarre, où il s'était retiré avec sa famille après les événements de 1830. Si le hasard ainsi que nos bonnes relations nous ont permis d'assister pour ainsi dire aux derniers moments du général, nous sommes heureux de pouvoir constater ici un fait qui est tout à la louange de cette honorable famille, c'est qu'elle était aimée et vénérée dans toute la contrée. Quand le général se sentait en bonne humeur, il priait à dîner les deux médecins de Bellot, qui avaient l'un pour l'autre une antipathie de métier, ce qui, dans le pays, n'était un secret pour personne. Comme une invitation venant du château équivalait pour ces messieurs à un ordre impératif, ils n'avaient garde d'y manquer, d'autant mieux qu'ils étaient appelés à tour de rôle, lorsqu'il y avait des malades à soigner. La seule chose qu'on leur évitait, c'était de les mettre à table à côté l'un de l'autre. C'est au moment où l'on servait le café que le général se montrait ordinairement plus causant et plus expansif avec ses invités. « Eh bien, docteur *Blesson,* disait-il à celui-ci, avez-vous dans ce moment-ci beaucoup de malades ? — Mais oui, monsieur le marquis, j'en ai plusieurs du côté de Sablonnière, où je suis obligé d'aller plusieurs fois par jour. » Puis abordant plus loin l'autre médecin qui se tenait à l'écart, il lui disait : « Et vous, monsieur *Pégot,* êtes-vous toujours satisfait de votre clientèle ? — Mais oui, monsieur le marquis ; je trouve même que pour le quart d'heure j'ai un peu trop de besogne, car, ma mule et moi, nous sommes littéralement sur les dents. Que voulez-vous ? Lorsqu'on vient me chercher dans la nuit, c'est qu'il y a urgence. Alors je me dis : « L'humanité « avant tout ; » puis j'enfourche Cocotte, et avec son petit trot nous arrivons au village de Sablonnière, où je suis attendu.

Je n'ai jamais vu de ma vie des figures

plus singulièrement drôles que celles de ces
deux hippocrates de village, se regardant
d'un œil courroucé, comme deux chiens de
faïence, et qui, bien certainement, se seraient
pris aux cheveux, si la présence du général
et de sa famille ne leur eût imposé le res-
pect et le silence. Une fois le café servi et
la conversation terminée, le général me
prenait par le bras et me disait d'un air
narquois et satisfait : *Mais il n'y a pas
le moindre malade à Sablonnière, je vous
l'atteste, car j'y suis allé hier matin.*

A part ces petites excentricités, qui n'a-
vaient d'autre inconvénient que de mettre
en présence deux personnes qui exerçaient
la même profession et qui, par conséquent,
se détestaient cordialement, le général de
Tressan était d'un accueil bienveillant et
réservé pour tout le monde.

Quant à l'ex-aumônier du 3e léger, nous
ne l'avons pas perdu de vue et nous savons

parfaitement ce qu'il est devenu. Après avoir
été pendant près de cinq ans desservant d'une
cure de canton, dans le département de Seine-
et-Marne, nous le retrouvons installé très-
confortablement à Grenelle, où, par suite
d'acquisitions de terrains faites dans des
conditions avantageuses, il a trouvé moyen
de se faire construire trois petites maisons,
en forme de presbytère, avec des jardins
plantés d'arbres fruitiers qui sont aujour-
d'hui en plein rapport. Quand on connaît le
zèle apostolique et la charité chrétienne de
cet excellent homme, l'on n'est pas étonné
de le voir constamment à la tête de toutes
les bonnes œuvres. Ainsi, à Grenelle, c'est
lui qui est le président du bureau de bienfaisance et qui a la surveillance des écoles
communales. Il jouit d'une popularité
tellement étendue parmi ses paroissiens,
qu'ils viennent de tous côtés pour le consulter
sur leurs affaires personnelles comme s'il était

le notaire ou le juge de paix de l'endroit.
Une autre particularité qu'il ne faut pas
omettre non plus, c'est que les électeurs de
Grenelle qui ne passent pas généralement
pour être la crème de la banlieue de Paris, l'ont
nommé membre de leur conseil municipal.

Mais tous ces honneurs-là ne sont rien pour
l'abbé, à côté des jouisssances que lui procure
son jardin. C'est là qu'il trône véritablement,
le sécateur à la main, taillant magistrale-
ment, comme un professeur du Luxembourg
pourrait le faire, les beaux arbres fruitiers
qu'il a plantés et qui lui donnent tous les
ans une récolte abondante de fruits des espèces les plus rares et des plus recherchées !
En le voyant ainsi se livrer avec soin à un
travail qui lui plaît et qui l'intéresse, on
serait vraiment tenté de lui crier à travers
la grille de son jardin, ce vers de Virgile :

O fortunatos nimium sua si bona norint
Agricolas !!!

Et ce brave capitaine B***, qu'est-il devenu pendant tous ces temps d'orage que nous avons eu à traverser? Je crois déjà avoir dit qu'en quittant le régiment, il avait été nommé au commandement du recrutement du département de la Loire, et qu'il était resté à Montbrison jusqu'au moment où il avait été mis à la retraite. M. et Mᵐᵉ B*** étaient un ménage modèle; c'est l'abbé Pugin qui les avait mariés, aussi avaient-ils pour lui une grande et sincère affection. Ils étaient venus d'abord planter leur tente à Gien dans le Loiret; mais ne trouvant pas dans cette localité les conditions de bien-être qu'ils cherchaient, ils avaient été demeurer plus tard à Montargis, où, par la protection du sous-préfet, le capitaine avait obtenu une place d'inspecteur des chemins vicinaux, dont les émoluments venaient encore ajouter quelques centaines de francs à sa pension de retraite. Quant *aux trois*

jolies petites filles, qui faisaient les délices
de l'abbé, elles avaient naturellement grandi
et elles se trouvaient même mariées à l'époque de l'installation de leurs parents à Montargis. La plus jeune des trois, *Amicie,* avait
épousé un avocat d'Orléans, la cadette, *Évelina,* un officier de gendarmerie en résidence dans le département de la Nièvre, et
l'aînée, *Caroline,* un professeur de musique
au Conservatoire, attaché à l'orchestre du
grand Opéra. Il convient d'ajouter que cette
dame était restée veuve avec deux enfants
en bas-âge, qui avaient été confiés aux soins
de sa belle-mère. Mais comme elle est le
personnage le plus en évidence, *l'héroïne*
enfin, je ne dirai pas du roman, car c'est
une histoire bien véritable que j'ai à vous
raconter, je demanderai au lecteur la per-
mission de ne la désigner dorénavant
que sous le nom de Mme *de Morville.*
Quand on écrit l'histoire et qu'on tient à

être cru sur parole, il faut avant tout se montrer véridique. Aussi, en m'engageant d'avance à ne dire que la vérité, je crois que je rendrai plus facile la tâche que je me suis imposée.

Élevée à la maison royale de Saint-Denis comme fille de capitaine, décoré de la Légion d'honneur et chevalier de l'ordre royal et militaire de Saint-Louis, Caroline de Morville se distingua de bonne heure de ses compagnes par une grande aptitude au travail, ainsi que par une rare et précoce intelligence; aussi, dès ses débuts, la vit-on souvent première aux études et décorée de la médaille d'honneur, qui est le *nec plus ultra* des récompenses à Saint-Denis. Comme elle était excellente musicienne et d'une soumission parfaite aux habitudes de la maison, son nom était parvenu jusqu'à madame la surintendante qui entrevoyait déjà dans cette élève d'élite, une future

dame dignitaire pour la Légion d'honneur.
Mais cette vie d'abnégation et de réclu-
sion volontaire ne convient pas à tout le
monde et il faut être sans fortune et sans
famille pour consentir ainsi à vivre dans
la retraite la plus absolue, au milieu
d'habitudes et d'études plus sérieuses
encore. Quant à se marier, il n'y faut pas
songer. Malheureusement le mariage ne
donne pas toujours ce qu'il promet; c'est
là une grande consolation pour les céli-
bataires et qui doit adoucir l'amertume de
leurs regrets quand ils en ont. Mais où rencontrer ce contentement intérieur et ce
bonheur parfait que les Anglais, nos voi-
sins, appellent *at home?* Il y a beaucoup
de jeunes filles qui, en sortant de la
Légion d'honneur, s'imaginent qu'elles trou-
veront pour se marier, *un roi derrière un
coffre!* mais, hélas! leur illusion n'est pas
de longue durée, car en rentrant sous le toit

paternel, et en partageant avec leur mère
les soins matériels du ménage, elles se trouvent bien vite en présence de la réalité qui
leur dit « qu'elles n'ont pas de fortune, et
qu'en fait de mariage, la meilleure et la plus
complète éducation ne vaut pas toujours
la plus minime des dots ».

. Quand Mᵐᵉ de Morville perdit son mari
elle habitait dans la rue de Clichy la maison qui fait le coin de la rue de Berlin,
et qu'elle quitta aussitôt pour aller vivre avec
une vieille dame de ses amies ; n'ayant plus
les mêmes ressources ni le même revenu
qu'auparavant, il fallait à toute force enrayer
sur ses dépenses et diminuer ses frais
de toilette, qui était alors son péché mignon,
la pension que lui faisait sa belle-mère
étant d'ailleurs insuffisante ; elle se trouvait
par conséquent dans la nécessité d'utiliser
ses talents et de donner des leçons de piano
pour vivre. Cela n'a rien de déshonorant

assurément. Mais voyez un peu comme la fatalité se joue parfois de notre existence : voilà
une jeune femme qui est née avec les meilleures dispositions possibles, qui a été
adulée et gâtée par toute sa famille, et qui
n'a jamais eu par conséquent à s'occuper
des soins matériels de la vie. La voilà
donc en présence d'un avenir qui l'inquiète,
réduite à se demander s'il est bien certain
qu'elle trouvera toujours dans son travail
quotidien les ressources nécessaires pour
faire face à ses dépenses, enfin, disons le mot,
pour vivre ! il faut ajouter encore que cette
femme a du cœur et qu'elle ne veut devoir
qu'à son travail le bien-être de sa nouvelle
existence... Pauvre créature du bon Dieu,
avec la grâce de sa personne et les char-
mes de son esprit, elle ne se doute pas des
dangers incessants qui vont l'assaillir, ni des
luttes continuelles qu'elle va avoir à soutenir avec *ces êtres sceptiques et stupides* qui

ne veulent pas croire absolument à la vertu des femmes qui sont déshéritées des faveurs de la fortune.

On se rappelle sans doute que sous le gouvernement de Louis-Philippe, le parti royaliste donnait tous les ans au Jardin d'hiver, un grand bal au profit des pensionnaires de l'ancienne liste civile de Charles X. C'était une fête de bienfaisance à laquelle tous les partis, sans distinction de rang, d'opinion et de fortune, étaient conviés et venaient apporter leur offrande. C'est dans cette oasis de fleurs, de verdure et de diamants que Mme de Morville, qui n'était venue au bal que pour y accompagner une famille hollandaise qui était à Paris en passant, eut occasion de voir et de rencontrer *M. D****** pour la première fois. C'était un très-bel homme d'une cinquantaine d'années environ, grand et bien conservé. Il portait sur sa figure le type

juif très-prononcé, et habitait la rue de
Provence où il était associé d'agent de
change. Aussi une dame du demi-monde
qui l'aurait rencontré, n'aurait pas manqué
de s'écrier en le voyant. « Ah pour le coup
voilà un hommechic !» Ce qui veut dire : voilà
un monsieur qui est bien mis et qui doit
avoir des billets de banque dans son porte-
feuille. Or M. D*** était riche, marié et
père de famille, car il avait une fille unique
qui pouvait avoir de seize à dix-sept ans à
cette époque ; on peut donc supposer que
c'était par amour de l'art et pour faire
donner des leçons de musique à sa fille qu'il
avait mis tant d'insistance et tant d'empressement à se faire présenter chez Mme de
Morville.

Malgré les offres les plus séduisantes elle
était restée fidèle à ses principes et avait
repoussé toutes les propositions qui auraient
pu l'entraîner trop loin. Ce qu'elle paraissait

rechercher par dessus tout, c'était la vie de famille à laquelle elle se consacrait tout entière. Trois années s'étaient écoulées depuis la mort de son mari, que rien absolument dans sa conduite, comme dans ses actions, n'avait donné prise à la moindre critique. Cependant on remarquait qu'elle avait une peine secrète qu'elle cherchait à dissimuler. Quelle en était la cause? voilà ce que personne n'osait et ne pouvait dire. Son air mélancolique, ses paroles incohérentes, son éloignement pour le monde et les plaisirs, l'amaigrissement de ses traits, tout révélait en elle quelque chose d'extraordinaire et de mystérieux qui pouvait bien être de l'amour!

Amour, amour quand tu nous tiens,
On peut bien dire : « Adieu prudence! »

Elle autrefois si gaie et le boute-en-train de toutes les réunions de jeunes filles, quel événement si étrange avait donc pu se passer, pour changer en papillons noirs cette nature si sympathique et si expansive ? La voilà comme en extase devant un tableau qui représente *une sœur de charité instruisant des enfants du peuple.* Évidemment elle est en proie à une hallucination, car son imagination paraît entièrement absorbée par une triste pensée. Encore une fois quelle est la cause de cette fatale rêverie dont rien ne peut la distraire? Comme elle doit souffrir moralement ! A part quelques amis intimes qui connaissaient l'état réel de la santé de Mme de Morville, sa maladie vraie ou supposée était un mystère pour tout le monde. Mais son médecin lui ayant donné le conseil de changer d'air et d'aller à la campagne, elle se rendit à Montargis chez sa mère, où ses sœurs étaient également attendues pour la fête du 15 août, qui était l'anniversaire de la naissance de

Mme B***, et que l'on devait célébrer avec plus de solennité que les années précédentes. Hélas! pourquoi les beaux jours ne sont-ils pas exempts d'orage!

III.

A peine Mme de Morville était-elle montée
en wagon, que déjà la malveillance qui voulait la perdre, avait répandu le trouble et
l'alarme dans la maison de sa belle-mère ;
une lettre anonyme aussi odieuse dans le
fond qu'obscène dans la forme, dont
l'orthographe était défectueuse et l'écriture
évidemment contrefaite, venait officieusement l'informer que sa belle-fille était
depuis trois ans *au mieux* avec un associé
d'agent de change, qui demeurait rue de
Provence ; et que dans le moment actuel
elle était en villégiature chez un médecin

des environs de Paris, pour *cause de santé*.
Je laisse à juger de la stupéfaction de
Mme B*** après avoir pris connaissance de
cette malencontreuse lettre. Son premier
soin fut de se rendre aussitôt chez son
notaire pour le consulter sur ce qu'il y
avait à faire dans cette circonstance. Il
avait justement reçu le matin même, une
lettre de Mme de Morville, qui lui deman-
dait de lui avancer le terme de sa pension,
parce qu'elle ne comptait pas revenir à Paris
avant la fin d'octobre. Cettre lettre portait
le timbre de la poste de Montargis avec la
date précise du 12 août. « Voilà une chose
bien singulière, dit le notaire, en relevant
ses lunettes d'or jusque sur son front et que
je ne puis pas m'expliquer. Si Mme de Morville est à Montargis comme sa lettre de ce
matin semble l'indiquer, elle ne peut pas
être en même temps dans une maison de
santé, comme la lettre anonyme l'affirme.

3.

Cela est évident; alors qui trompe-t-on
dans cette affaire ? » Il y avait dans la lettre
un post- scriptum que Mme B*** n'avait pas
lu, il était libellé en ces termes : *La maison · de santé dont il est question est celle
du docteur B***, à Meudon...* C'était un renseignement précis et qui dispensait de faire
d'autres démarches. Ainsi il fut décidé que
l'on se rendrait le lendemain à Meudon par
le convoi de midi. Il y avait en effet des
mesures à prendre pour sauvegarder les
intérêts des mineurs, et l'on s'était arrêté à
cette idée, qu'il fallait contraindre par
toutes les voies de rigueur la susdite
Mme de Morville, à renoncer à la tutelle de
ses enfants, ainsi qu'à la pension que sa
belle-mère lui faisait depuis la mort de son
mari, aussitôt que les faits d'indignité qui
lui étaient imputés seraient établis judiciai-
rement. C'est dans cette disposition d'esprit
que nos voyageurs se rendirent à la maison

de santé du docteur B***. Cette propriété,
qui est située entre cour et jardin, plaît à la
première vue, et l'on voit que c'est une
résidence on ne peut plus agréable à habi-
ter pendant la saison d'été. Le docteur était
justement dans son cabinet de consultation ;
après les salutations d'usage, le notaire
s'exprima en ces termes, d'un ton solennel
et magistral : « En ma qualité de notaire
chargé des intérêts de Mᵐᵉ B*** ici présente,
je viens, monsieur le docteur, vous demander
en son nom un renseignement qui est pour
ma cliente de la plus haute importance ;
c'est de savoir si la personne que vous avez
reçue il y a environ quinze jours, et qui
doit être encore chez vous dans le moment,
est ou n'est pas sa belle-fille, ainsi qu'une
lettre officieuse et non signée est venue
nous en donner avis ; comme cette dame
est veuve avec deux enfants en bas âge,
vous comprenez qu'il y a quelques précau-

tions à prendre à son égard, et que l'on ne peut pas laisser l'intégralité *de ses droits,* à une personne qui a si complétement méconnu *ses devoirs* d'épouse et de mère. Mais il faut avant tout que son identité soit constatée; autrement nous ne pouvons rien faire.

—Je pourrais répondre d'un seul mot à la demande que vous m'adressez, monsieur, reprend le docteur, en vous disant qu'il en est des médecins comme des confesseurs qui voient et entendent beaucoup de choses que leur conscience et leur devoir leur interdisent de révéler, surtout quand cette révélation peut porter préjudice à autrui. Notre maison est ouverte à tout le monde; et quand on nous amène une personne malade et qui a besoin de nos soins, nous ne lui demandons pas d'habitude à voir son acte de naissance ou son contrat de mariage, pour savoir le nom qu'elle porte et si elle est ou non mariée. On nous dit qu'elle est souffrante et qu'elle

a besoin de nos services, et cela nous suffit,
nous la soignons avec d'autant plus de zèle
et d'empressement que nous savons que la
police n'a rien à démêler dans son affaire.
Quant à cette dame dont vous me parlez,
je crois qu'elle est arrivée chez moi le
29 juillet au soir, très-souffrante et très-
fatiguée en compagnie de sa femme de
chambre, et je les ai fait aussitôt installer
dans le logement qu'elles ont occupé pendant tout le temps de leur séjour ici, puis
le 12 au matin, après s'être généreusement
acquittée envers moi, cette dame est partie
par le chemin de fer, pour une affaire in-
dispensable et qui réclamait, disait-elle,
sa présence à Paris. C'était une grande im-
prudence assurément qu'elle commettait là,
je me suis même permis de lui en faire l'ob-
servation, mais rien n'a pu la faire changer
de résolution, et elle est partie ainsi qu'elle
l'avait annoncé. » A ces mots le notaire et

Mme B*** se levèrent pour prendre congé
du docteur, en le remerciant des renseignements qu'il avait bien voulu leur donner.
Mais ils s'en allaient l'oreille basse et un peu
déconfits, en se disant : « Voilà une affaire
manquée ! »

Grâce à la présence d'esprit du docteur,
et à la précipitation de son départ,
Mme de Morville avait évidemment échappé
à un danger réel. Heureusement pour elle
qu'elle avait été renseignée à temps, car
sa belle-mère espérait bien la surprendre
et lui arracher l'aveu de sa faute, afin de
lui supprimer la pension qu'elle lui faisait
et dont elle lui payait les arrérages d'assez
mauvaise grâce et pour ainsi dire en rechi-
gnant... Ah ! mesdames les belles-mères,
que n'êtes-vous toujours bonnes, et toujours
affectueuses pour vos belles-filles, surtout quand elles ont eu le grand malheur
de perdre le père de leurs enfants ! Au lieu

de veiller autour d'elles comme des censeurs sévères et incommodes, que ne vous mon- trez-vous plus souvent à leurs yeux avec un visage bienveillant, et un cœur disposé à l'indulgence! Si elles rencontraient auprès de vous cet appui moral, dont elles ont tant besoin, combien les liens de famille se resserraient davantage par cet échange réci- ciproque de si bons sentiments! Et combien la morale y gagnerait; peut-être aussi, malgré tout l'attrait du fruit défendu, qui songerait, alors, qui voudrait courir après des plaisirs futiles et des distractions vul- gaires, si l'on avait sous la main ce bien- être qu'on envie tant, parce qu'il vous donne d'abord le pain de chaque jour, ensuite la sécurité du lendemain! Que de chagrins et de déceptions l'on s'éviterait ainsi qu'aux autres si chacun était pénétré de cette vérité! Mais ce n'est pas ainsi malheureusement que les choses se passent dans le monde, où *l'é-*

goïsme que j'appellerai la plaie de notre époque, règne et domine en souverain desposte. Si nous le rencontrons si souvent sur notre route, c'est sans doute pour nous rappeler que dans les choses de la vie, le mal réside presque toujours à côté du bien.

Le commandant B*** commençait à se faire vieux, et madame aussi. Cependant c'était toujours le modèle des ménages et la personnification vivante du bonheur conjugal. On les appelait *Philémon* et *Baucis,* à cause de la vie uniforme et patriarchale que menaient à Montargis ces bons vieux débris du 3ᵉ léger. En voyant leurs filles heureuses et mariées selon leur goût, ils se disaient avec une sorte d'orgueil qu'ils avaient rempli leur tâche envers la société et qu'ils n'avaient plus désormais qu'à se reposer sur leurs lauriers. Mais l'arrivée de ces dames à Montargis, où leur réputation de grandes musiciennes les avait précédées, était un évé-

nement qui avait répandu dans cette localité
d'ordinaire si calme et si pacifique, une sorte
d'agitation fébrile parmi les personnes qui
s'occupaient de musique et qui avaient par
conséquent le plus grand désir de les entendre.
Deux d'entre elles surtout, Mmes *Caroline*
et *Évelina* étaient de véritables artistes qui
jouaient à la première vue nos immortels
classiques, *Beethoven, Mendelssohn, Haydn,
Mozart,* etc. Aussi cherchait-on de toute
part à les avoir, en leur envoyant des
invitations auxquelles elles ne pouvaient
pas toujours répondre. Les dîners ont
d'ailleurs une très-large part dans les habitudes de la vie de province ; aussi quand on
se met à table, on ne sait jamais au juste
à quelle heure on en sortira : c'est ce qui
faisait que les jours où ces dames dînaient
en ville, pour peu que le repas se prolongeât
dans la soirée, il n'y avait pas moyen d'a-
border le piano, ni de faire de la musique.

Le sous-préfet qui était un homme de goût
en même temps qu'excellent musicien, avait
compris de suite l'inconvénient qu'offraient
les réunions particulières, au point de vue
de l'art musical, et aussitôt il avait pensé
que le beau talent de ces dames B*** ne
pouvait être mieux apprécié, qu'en l'utili-
sant au profit des pauvres, dans un concert
public, dont l'entrée serait accessible à toutes
les bourses. C'était assurément une excellente idée qui fut accueillie avec faveur par
tout le monde ; et, séance tenante, il fut décidé que le concert aurait lieu dans la grande
salle de la mairie, sous le patronage du sous-
préfet qui voulait bien se charger d'envoyer
les invitations et de composer le pro-
gramme de la fête. — Grâce à son concours
officieux, plus de 300 billets furent placés
tant dans la société de la ville que dans les
châteaux environnants ; ce qui était d'un bon
augure pour le grand succès qu'on attendait.

Le concert eut lieu en effet au jour indi-
qué, et, pour dire toute la vérité, il fut magnifique. Au milieu d'un groupe de jeunes
femmes aussi élégantes que distinguées, on
remarquait des toilettes ravissantes et du
meilleur goût. Les morceaux qui ont été le
plus applaudis, sont *le Songe d'une nuit
d'été,* par Mendelssohn, et l'ouverture de
Guillaume Tell, à quatre mains, exécutée
par Mᵐᵉˢ Caroline et Évelina B***. Il
faut pourtant bien que je les nomme encore
une fois, puisque c'est par leur gracieux
talent et les soins si empressés de M. le
sous-préfet, que le bureau de bienfaisance
de Montargis a pu encaisser en quelques
heures, une somme de plus de douze cents
francs. C'est une heureuse pensée dont il
faut tenir compte à ce fonctionnaire, car
c'est lui qui a songé le premier à réunir
par l'attrait du plaisir, une foule brillante
et empressée qui est accourue de toutes

parts à la voix des artistes, pour concourir au succès d'une œuvre de bienfaisance qui a si bien réussi.

La fête s'est terminée par une lecture-*conférence* d'un passage de M. de Lamartine *sur la Restauration*, et d'un fait historique du plus haut intérêt, *la rentrée de Henri IV dans sa bonne ville de Paris, le 21 mars 1594*, par un vieux royaliste qui a pris pour devise, ce vers latin :

. Victrix causa diis placuit, sed victa Catoni !!!

Le temps n'est pas encore venu de juger M. de Lamartine comme homme politique. Entre le républicain du lendemain et le royaliste de la veille, il y a un abîme incommensurable. Tenons-lui compte du moins, s'il n'a pu faire le bien, du mal qu'il a empêché, et sans lui faire un reproche de ses erreurs passées, laissons l'auteur *des Girondins* nous raconter son enthousiasme pour la Restauration : c'est l'ancien garde du corps de Louis XVIII qui parle en ce moment :

« Cette restauration coïncidait avec ma jeunesse : son aurore se mêlait à celle de ma vie et s'y confondait. C'était l'heure de l'enthousiasme, elle était poétique comme le passé, miraculeuse comme une restaura-ration ; les vieillards rajeunissaient, les femmes pleuraient, les prêtres priaient, les lyres chantaient, les enfants s'émerveillaient et espéraient. L'empire avait opprimé les âmes. Napoléon avait épuisé la France de gloire, de conquêtes, d'or et d'hommes pendant dix ans. Il tomba sans un seul défenseur, sur son propre sol, au cœur de son pays, devant l'Europe armée, mais surtout devant l'abandon et la lassitude de la tyrannie de la France.

« La Restauration fut une époque de re-naissance pacifique, intellectuelle et libérale

pour la France. La poésie, les lettres, les
arts oubliés, asservis ou disciplinés sous la
police de l'Empire paraissaient sortir du
sol sous le pas des Bourbons. Il semblait
qu'on eût rendu l'air au monde asphyxié
depuis dix ans par la tyrannie. On respirait
à la fois à pleine poitrine, pour le passé,
pour le présent, pour l'avenir. Jamais le
siècle ne reverra une pareille époque. On ne
voyait pas les lendemains, on oubliait, à
force d'espérances, les malheurs et les hu-
miliations de la patrie. Les soldats seuls de
Napoléon baissaient la tête, en déposant
leurs armes brisées, car ses courtisans
avaient déjà passé au parti vainqueur ! —
Le retour des Bourbons produisit en France
un enthousiasme universel. Ils furent ac-
cueillis avec une effusion de cœur inexpri-
mable. Les anciens républicains partagè-
rent sincèrement les transports de la joie commune. » (CARNOT, dans sa proclamation.)

Maintenant c'est l'historien qui raconte :

« Enfin tout était disposé le soir du
21 mars 1594, Brissac avait assemblé les
colonels et les capitaines de quartier, dans
la maison du prévôt des marchands. Les
troupes du roi qui arrivaient de Senlis,
et qu'une nuit orageuse avait retardées,
ne se présentèrent qu'après quatre
heures du matin le 22 mars, lorsque les
espions étaient retirés. Au premier signal,
Brissac, qui les attendait avec impatience,
va lui-même les reconnaître, les portes s'ou-
vrent à son ordre, les barrières tombent,
les soldats royalistes entrent en silence. Ils
traversent les rues en ordre de bataille et
s'emparent des places et dès carrefours.
Les factieux ne voyant pas de ressource,
se renferment timidement dans leurs maisons. Tout étant assuré, et Henry ayant été

salué par le prévôt des marchands, et par
le comte de Brissac qui lui présentèrent
les clefs de la ville, il s'avança au milieu
d'un corps de noblesse, les piques basses,
en signe que la ville n'avait pas été prise
par la force. Les cris de : « *Vive le roi!* »
se font entendre de tous côtés ; quoique
armé, sa marche avait plus l'air d'un
triomphe pacifique, que d'une entrée militaire. Il va droit à la cathédrale, où il est reçu
sous le dais et harangué comme en pleine
paix. Après la messe et le chant du *Te Deum*,
le monarque se rend au Louvre, où il dîne
en public, et dès l'après-midi les boutiques
étaient ouvertes, et on travaillait dans Paris,
comme s'il n'eût jamais été question de
guerre... »

C'est au milieu des ovations et des témoignages de sympathie que les dames B***
quittaient la ville de Montargis, en empor-
tant avec elles les vœux et les bénédictions

des familles nécessiteuses auxquelles elles
venaient de tendre si généreusement la main.
Le capitaine éprouvait une grande joie de la
manière toute flatteuse avec laquelle ses
filles avaient été accueillies et fêtées, et, au
moment de se séparer d'elles, il leur disait
en les pressant sur son cœur, un peu à la
façon de Joseph Prud'homme : « N'oubliez
jamais, mes chères amies, que vous êtes
les enfants du 3ᵉ léger!...

> Du haut des cieux, ta demeure dernière,
> Mon colonel tu dois être content. »

IV.

Le temps est un grand maître qui fait oublier et pardonner bien des choses. Vouloir initier le public à des secrets de famille, au moyen d'un procès qui dégénère presque toujours en scandale, dès le moment qu'il est reproduit par la *Gazette des tribunaux*, est, à mon avis, un acte de folie aussi absurde que ridicule. Je n'en veux d'autre preuve que le vers suivant :

Des sottises d'autrui nous vivons au palais.

Ah ! si ce vieux dicton, qui est dans son

genre un modèle de sagesse et de raison
et que l'on ne médite peut-être pas assez,
était inscrit en gros caractères à la porte
de tous les cabinets d'affaires et de toutes
les études d'avoués et d'huissiers, voire
même de MM. les avocats, combien de
braves gens, s'ils se donnaient seulement la
peine de réfléchir, n'en franchiraient pas
l'entrée, et s'en retourneraient tranquille-
ment chez eux, en se disant, ce qui est parfaitement vrai en principe, « qu'une transac-
tion quelle qu'elle soit vaut toujours mieux
que le meilleur des procès, en admettant qu'il
en existe de bons, après avoir payé les frais
de justice et les honoraires de l'avocat. Mais
l'amour-propre blessé s'en mêle, le papier
timbré est un excitant qui l'irrite et l'exas-
père, alors il n'y a plus moyen de se concilier ni de s'entendre. Je voudrais en un
mot que mon *vieux dicton* fût un spécifique
pour les faiseurs de procès, comme la sou-

nette du dentiste l'est pour le patient qui
souffre du mal de dents, peut-être bien
qu'à ce prix les études d'avoué et autres se
vendraient un peu moins cher, mais les choses n'en iraient pas plus mal pour cela.

Madame B*** ne l'entendait pas ainsi au
début, car elle voulait suivre l'avis de son
notaire qui penchait pour la rigueur. Mais
les circonstances ne lui ont pas permis de
faire le procès qu'elle méditait. Félicitons-
la d'avoir su, par sa sagesse, éviter un scandale qui eût été déplorable pour sa famille.
Cette conduite prudente quoique un peu
tardive, prouve qu'elle a du bon sens et
qu'elle connaît certain proverbe qui dit :
*que l'on prend plus de mouches avec du
miel qu'avec du vinaigre.*

Le lecteur a dû remarquer l'extrême réserve que j'ai apportée jusqu'ici à parler
d'un personnage qui joue un des rôles prin-
cipaux dans cette triste histoire. C'est une

vie entourée de ruse et de mystère dont j'aurais aimé à ne pas m'occuper, si une circonstance particulière ne m'imposait le devoir de rompre le silence.

Comme toutes les personnes qui fréquentent la Bourse, M. D*** était d'un caractère jovial et familier. Aussi connaissait-il toute la pléiade des boursiers et faiseurs d'affaires dont la liquidation de fin du mois s'accentue par des bénéfices plus ou moins importants. Il était en relation avec un personnage italien qu'on appelait *le prince de Buscatello,* qui était chamarré d'une foule de décorations étrangères; et qui par ses millions dont il parlait sans cesse, ainsi que par les affaires considérables qu'il faisait à la Bourse, avait tout à fait l'air d'un nabab des *Mille et une Nuits.* M. D*** l'avait présenté à sa femme ainsi qu'à sa fille qui était une charmante jeune personne : et le prince l'avait trouvée telle-

4.

ment de son goût, qu'aussitôt et sans plus
d'informations, il l'avait demandée en mariage à son père. Quel honneur, en effet,
que d'avoir pour gendre un grand seigneur
qui est d'une générosité princière envers
tout le monde, et qui donne par avance et
à titre de don particulier à la personne qu'il
doit épouser, la somme énorme *de quatre
cent mille francs* en bonnes espèces ayant
cours, sans préjudice des autres avantages
stipulés dans le contrat de mariage!... En
vérité il y avait là de quoi faire tourner la
tête à toute cette famille qui se trouvait
comme fascinée par les grands airs et l'é-
norme fortune de leur futur gendre. Seule
la jeune personne semblait ne pas partager
la joie et l'engouement de ses parents. Agitée
comme par un sinistre pressentiment, elle
demeurait froide et indifférente à toutes les
avances du prince qu'elle n'aimait pas et
auquel elle cherchait vainement une dis-

tinction dont on lui parlait sans cesse et qu'il n'avait pas en réalité dans sa personne. Soumise entièrement à la volonté de ses parents, elle leur avait déclaré qu'elle consentirait à faire ce mariage, *s'ils l'exigeaient d'elle,* quoi-qu'il lui fût antipathique, et qu'il ne répondît en rien aux aspirations de son cœur. Les choses étaient dans cet état, lorsque le prince, comme pour faire cesser l'hésitation de la jeune personne, lui remit en cadeau une superbe bague, une très-belle émeraude entourée de rubis qui pouvait bien valoir trois mille cinq cents francs. Le mariage paraissait donc à peu près décidé, puisqu'on avait pris jour pour la publication des bans... lorsqu'une lettre anonyme vint détruire en quelques minutes tous ces beaux projets de mariage. On faisait savoir officieusement à M. D*** que son futur gendre n'était autre qu'un *chevalier d'industrie* qui avait pris un faux nom et un faux titre pour faire des dupes

et se soustraire aux poursuites de la justice.
Cette lettre avait été un coup de foudre
pour toute la famille D***. La jeune fille au
contraire semblait résignée et même en-
chantée de tout ce qu'elle venait d'apprendre,
car elle s'était empressée de remettre à son
père la fameuse bague qu'elle avait acceptée
malgré elle comme cadeau de fiançailles.
Mais déjà il était trop tard, le soi-disant
prince était en fuite. Un mandat d'arrêt
venait d'être lancé contre cet homme que
la police de Londres et de Bruxelles recher-
chait depuis longtemps et qui était signalé
comme étant un escroc extrêmement habile.
L'on comprend aisément qu'en présence de
tous ces renseignements, il ne pouvait plus
être question de mariage. Arrêté et trans-
féré à Mazas, on apprit bientôt par l'instruction que l'industrie de Buscatello con-
sistait à fabriquer des titres de noblesse, à
vendre des décorations étrangères, notam-

ment *celle du Honduras* qu'il faisait payer un prix excessivement élevé. C'était une décoration purement de fantaisie et tout à fait de son invention; car il n'a jamais existé, je le suppose, aucun ordre de chevalerie dans la république du Honduras. Traduit devant le tribunal de police correctionnelle de la Seine, comme prévenu du délit d'usurpation de titre et d'escroquerie prévu par la loi, *le prince de Buscatello,* dont le vrai nom m'échappe, a été condamné à treize mois de prison et à deux mille francs d'amende. Jusqu'à présent je ne connaissais du Honduras que les obligations de chemin de fer qui portent ce nom, lesquelles sont tombées pour ainsi dire *à néant,* par suite de l'indélicatesse et de la mauvaise foi des banquiers qui, au lieu d'employer à la confection du chemin de fer l'argent des actionnaires, *l'ont mis tout simplement dans leur caisse.* Comme cette

affaire n'est plus un secret pour personne
et que la justice en est saisie, nous
faisons des vœux pour que les auteurs de
cette audacieuse friponnerie soient punis
comme ils le méritent.

On ne peut pas se faire une juste idée
de la peine et de l'humiliation que ressentait
cette pauvre jeune fille, lorsque dans l'espoir sans doute de la consoler, on venait
lui débiter ce compliment fastidieux et qui
se renouvelait dix fois par jour sous des
formes différentes : « Il faut convenir, mademoiselle, que la Providence vous a singulièrement protégée en révélant à votre famille
les méfaits d'un aventurier qui sans cela
aurait pu devenir votre époux. » Elle qui
avait l'âme si fière et le cœur si haut placé,
comme elle devait souffrir de l'erreur et de
l'aveuglement de son père, qui, pour réparer
des pertes nombreuses faites à la Bourse,
s'était imaginé qu'il allait refaire sa fortune

en s'associant avec un fripon de la pire
espèce ! Évidemment cette épreuve était au
dessus de ses forces, car on voyait bien
qu'une souffrance intérieure, à laquelle son
amour-propre si cruellement blessé n'était
pas étranger, la dévorait en secret et la
tuait sourdement. Ses jolis traits amaigris,
ses yeux autrefois si vifs et si limpides voilés
comme par un nuage, attestaient suffisamment les symptômes d'une maladie grave.
Seule sa famille semblait ne pas s'en douter.
On allait consulter la somnanbule qui pres-
crivait des remèdes que l'on ne prenait pas ;
et pendant ce temps-là le mal faisait des
progrès rapides et alarmants, que l'on ne
voyait pas davantage, car les mêmes causes
ramenaient nécessairement les mêmes
effets, c'est-à-dire un affaissement moral
causé par des insomnies continuelles et des
digestions troublées. Aussi quelques jours
plus tard un affreux malheur arrivait ! et

cette charmante jeune fille que les habitués
du jardin des Tuileries avaient si souvent
remarquée les jours de musique, s'éteignait
comme une fleur desséchée sur sa tige et
tombait pour ne plus se relever ! Dire l'effet
foudroyant que cette mort inattendue produisit sur son père, est chose impossible.
Dans l'espace de quelques jours il avait
vieilli de dix années. Dans de pareils moments où notre orgueil révolté semble ne pas
vouloir s'humilier devant la colère divine,
la religion est toujours là pour nous tendre
une main secourable, et nous offrir les
seules consolations que l'on puisse espérer
dans une si grande affliction ! Aussitôt que
le doigt de Dieu apparaît, il n'y a plus
qu'à prier et à se résigner. C'est donc uni-
quement par la prière et la résignation que
Mme D***, qui était une catholique fervente,
espérait ramener son mari à Dieu.

Cet événement avait répandu une grande

tristesse parmi toutes les personnes qui
connaissaient cette famille ; et Mme de Morville elle-même n'avait pas été la dernière
à en ressentir les effets. Sans pouvoir au
juste définir l'objet de ses appréhensions,
elle avait comme un pressentiment qu'il
devait aussi lui arriver quelque chose de
fâcheux ; et malgré tous les efforts qu'elle
faisait pour chasser de son esprit tous ces
vilains papillons noirs qui l'obsédaient, son
imagination était tellement frappée de cette
funeste pensée, qu'elle la rendait inerte et
incapable de prendre une résolution énergique. La mort de Mlle Angélique D*** l'avait
anéantie. A peine même si elle avait compris
les conséquences inévitables que ce fâcheux
événement devait avoir pour elle, puisqu'il
allait amener forcément la fin d'une liaison
qui la tenait enchaînée par les liens du
cœur depuis plusieurs années. Mais l'on ne
quitte pas ainsi ce que l'on aime, sans en

éprouver un profond chagrin ! Il faut même
que la raison et la nécessité vous y contrai-
gnent pour renoncer de gaieté de cœur à
des illusions souvent plus douces que les
réalités de la vie ! Telle était l'alternative
dans laquelle elle se trouvait placée. Elle
avait à lutter contre deux courants opposés,
l'amour du devoir, et la douleur d'une
séparation prochaine. Heureusement pour
elle, que la Providence qui souvent tend la
perche à l'homme qui se noie, et sans qu'il
s'en doute, lui réservait plus tard, grâce à
la protection puissante de deux femmes que
j'appellerai deux anges sur la terre, une existence aussi brillante qu'assurée pour l'avenir !

C'était donc pour se recueillir et réfléchir
mûrement à la position nouvelle que les
événements venaient de lui créer, que
Mme de Morville se trouvait en ce moment
en villégiature à Meudon, qu'elle n'avait pas
revu du reste depuis plus de six ans. La

situation de sa fille qui allait entrer dans
sa septième année la préoccupait vivement.
Elle annonçait d'ailleurs d'heureuses dispositions et promettait même d'être fort jolie,
Mais ce n'était pas une raison pour la gâter
et la rendre insupportable aux yeux du
monde. Elle était comme tous les enfants
de son âge curieuse et babillarde à l'excès,
et il fallait bien se garder de dire en sa
présence des choses secrètes, car elle faisait souvent à sa mère des questions qui
l'embarrassaient beaucoup. On voit donc
par cet exposé, qu'il était grand temps de
s'occuper sérieusement de son éducation,
et de discipliner ce petit caractère qui
s'annonçait déjà comme devant être indé-
pendant et volontaire. Mᵐᵉ de Morville
habitait avec sa femme de chambre le
petit pavillon qui se trouve en entrant à
gauche dans le jardin. Tandis que le corps
principal du logis était occupé par une fa-

mille russe, à laquelle était venue se joindre
une dame française, bien connue à la cour
de Russie, car c'est elle qui a fait l'éducation de la grande-duchesse Catherine.
Ces hauts personnages vivaient ensemble
dans une intimité parfaite.

La princesse L***, première dame d'honneur de l'impératrice de Russie était venue
en France pour rétablir sa santé : son frère
le prince Georges, premier aide de camp
du grand-duc Constantin, avait été envoyé
à Paris, avec la mission spéciale d'étudier
les lois et règlements concernant *le commis-
sariat* de la marine française. Je constate
ici un fait qui est tout à l'avantage du
prince L***, c'est qu'en fait d'érudition, de
lois, règlements et ordonnances, il les connaissait mieux que beaucoup de nos compatriotes qui passaient pourtant pour être des
bons employés de la marine. Doué d'un
caractère courtois et bienveillant, il cher-

chait naturellement à les faire briller à ses
dépens ; mais malgré sa feinte modestie et
son ignorance calculée, il lui était impossible
de dissimuler la grande supériorité qu'il
avait sur eux.

Par une attention délicate du docteur
B***, Mme de Morville avait eu l'heureuse
chance d'être présentée à la princesse ainsi
qu'à Mlle T*** qui l'avaient accueillie avec
une bienveillance extrême, en apprenant
qu'elle était la fille d'un chevalier de Saint-
Louis, et qu'elle avait été élevée à la maison
de la Légion d'honneur. C'était en effet une
puissante recommandation aux yeux de la
princesse, qui, malgré sa simplicité appa-
rente, aimait néanmoins tout ce qui brille
et répand de l'éclat. Elle n'ignorait pas
qu'autrefois en France sous la royauté, la
croix de Saint-Louis était un titre de noblesse
pour tout officier qui avait eu l'honneur de
l'obtenir, et elle voulait dans cette circon-

stance rendre à Mme de Morville dans la personne de son père, les hommages qui lui étaient dus.

Pour quiconque aime la campagne, rien n'est comparable aux sites verdoyants et pittoresques de Bellevue et de Meudon. La vue de la terrasse du château offre aux touristes le plus beau panorama que l'on puisse voir. Souvent même l'on va bien loin de Paris pour trouver des impressions de voyage que l'on rencontre à chaque instant en parcourant les magnifiques bois qui entourent Meudon. L'air y est peut-être plus vif qu'ailleurs, en raison de l'élévation du sol au-dessus du niveau de la mer, mais il est constaté, sous le rapport hygiénique, que les malades comme les touristes se trouvent ordinairement à merveille du séjour de Bellevue et de Meudon. Cette vie calme et tranquille plaisait beaucoup à la princesse qui avait du reste des goûts simples

et sédentaires que l'on rencontre souvent
chez des personnes appartenant aux plus
hautes classes de la société. Elle était douée
d'un prestige qui attirait vers elle, et en la
voyant aussi bonne et surtout aussi chari-
table qu'elle était, on se disait aussitôt :
« Ah ! voilà bien véritablement une grande
dame qui fait le bien sans bruit et sans
ostentation, et pour le seul plaisir de faire
le bien ; qui a toujours sur les lèvres un
sourire bienveillant et une parole encoura-
geante pour toutes les personnes qui ont
l'honneur de l'approcher. Comme je com-
prends bien toute la sympathie qu'elle doit
inspirer ainsi que ses compatriotes ! Ah !
voilà bien nos véritables amis et nos alliés
naturels, pour le jour où la France lasse de
la politique, et fatiguée de son isolement
et de ses folies, sentira enfin le besoin de
rentrer dans le concert européen, en s'ap-
puyant sur l'alliance d'une grande nation. »

Le pire des États est l'État populaire ! a
dit Corneille.

C'était justement le jour anniversaire
de sa naissance, et il avait été convenu
qu'on lui souhaiterait la fête avec la plus
grande pompe possible à Meudon. Le jar-
dinier avait mis en réserve ses plus belles
fleurs pour lui en faire hommage, et les
domestiques de la maison s'étaient entendus
pour tirer dans le jardin un feu d'artifice
en son honneur. La petite fille de Mme de
Morville avait appris une fable de circonstance qu'elle devait réciter à l'heure conve-
nue. Enfin Mlle T***, que l'on trouve toujours
quand il s'agit de rendre service et de faire
plaisir, avait fait venir de Paris une foule de
petits objets et de jouets d'enfants qu'on
devait tirer le soir en loterie. Mme de Morville elle-même avait mis de côté les plus
beaux morceaux de son répertoire, pour les
exécuter si le temps et les plaisirs si variés

de la soirée lui permettaient de faire de la
musique. La princesse se sentait véritablement heureuse en voyant tous ces apprêts
qui lui révélaient combien elle était aimée
et vénérée; il lui était arrivé dans la journée
trois télégrammes de Saint-Pétersbourg
qui lui prouvaient que, malgré l'absence et
la distance, ses amis ne l'oubliaient pas.
Elle avait encore reçu le matin de Nice,
une énorme boîte contenant un magnifique
bouquet de violettes de Parme, entouré
d'une couronne de camélias blancs du plus
bel effet. A cet envoi était joint un compliment en vers et signé de ces mots *un cœur
reconnaissant.* Mais la princesse avait rendu
tant de services dans sa vie, qu'il lui était
bien impossible de se rappeler le nom de
l'auteur de cette galanterie anonyme :
A madame la princesse L***,

Pouvais-je mieux qu'avec ces fleurs,
Fêter votre jour de naissance!

5

Fraîches écloses, leurs couleurs
Semblent du moins de circonstance.
Le même jour vous vit naître vraiment,
Du même éclat votre fraîcheur brille ;
Et j'ai voulu qu'en vous éveillant,
Vous puissiez vous croire en famille.

Plusieurs personnages notables de la colonie russe, tels que le comte O***, le prince
Georges L*** et le père Wassillieff, le pope
de l'église russe, s'étaient rendus à Meudon
pour souhaiter la fête à la princesse.

V.

Décidément Mᵐᵉ de Morville était en faveur auprès de la princesse qui aimait à
causer avec elle de l'institution de la Légion
d'honneur où elle avait séjourné pendant
près de huit années environ. Aussi personne
mieux qu'elle n'était en position de lui donner
des renseignements précis sur cet établissement qui, malgré tout ce qu'on peut en dire,
rend d'immenses services aux filles d'officiers
sans fortune. Tous ces détails intéressaient
au plus haut point la princesse, qui avait
fini par avouer le véritable motif de son

voyage en France. En effet, par une coïn-
cidence assez singulière, il était question de
fonder à Saint-Pétersbourg sous le patronage
de l'impératrice *un institut* dans le genre
de la maison royale de Saint-Denis, pour
les filles des hauts dignitaires de l'Empire
seulement. Mais comme les professeurs
devaient être de premier choix, et les
études plus fortes que partout ailleurs, car
dans la pensée de sa fondatrice cette
maison ne devait pas avoir de rivale en
Europe, il en résultait que le prix de la
pension devait être excessivement élevé.
C'est ici que l'on voit la différence qui
existe entre l'établissement de la Légion
d'honneur de France et *l'institut* en projet
de Saint-Pétersbourg. Chez nous, toute fille
d'officier sans fortune peut être admise à
titre gratuit à la maison royale de Saint-
Denis, au lieu qu'en Russie il n'y aura
d'admission possible que pour les filles des

hauls dignitaires de l'empire assez riches
pour payer le prix d'une pension excep-
tionnelle. « Nous sommes venues en France,
dit la princesse, pour y recruter des professeurs de premier ordre. Nous ferons
tous les sacrifices nécessaires pour obtenir
leur concours, et nous espérons, grâce à
l'élévation du traitement que nous comptons
leur offrir, qu'ils ne nous feront pas défaut. »

Mᵐᵉ de Morville était à peine rentrée
dans son appartement que Mˡˡᵉ T*** accou-
rait pour lui faire part des bonnes dispositions de la princesse à son égard ; elle avait
le désir de l'emmener avec elle en Russie,
pour l'attacher à *l'institut,* en qualité de professeur de musique, pour la classe de piano,
bien entendu. Mais il fallait prendre une
prompte résolution et se décider sans re-
tard. La princesse désirait aussi qu'on
lui donnât le nom d'une famille honorable-
ment connue, pour avoir ce que les Anglais

appellent des *références;* la précaution était
toute naturelle, et Mme de Morville n'avait
pas à s'en formaliser ni à s'en défendre. Elle
donna aussitôt à Mlle T*** le nom et l'adresse
de l'abbé Pugin à Grenelle, et l'on convint
que l'on ne se reverrait que lorsque les
renseignements auraient été donnés, la
visite à l'abbé devant avoir lieu le lendemain dans la journée.

Le lendemain à l'heure dite une voiture
de remise stationnait devant la grille d'une
maison de modeste apparence à Grenelle :
c'était là qu'habitait l'abbé Pugin. Il était
occupé dans le moment à travailler au fond
de son jardin, lorsque sa bonne accourut
pour le prévenir que deux dames l'attendaient
au salon. Il crut d'abord que c'étaient
mesdames les quêteuses de Grenelle, qui
lui apportaient le produit de leur quête pour
le déposer dans la caisse des pauvres. Mais
en arrivant au salon, en présence de deux

personnes qui lui étaient inconnues, il vit
de suite qu'il s'était trompé : — « A qui,
mesdames, ai-je l'honneur de parler? fit
l'abbé en s'inclinant très-respectueusement.
—A la princesse L***, première dame d'honneur de Sa Majesté l'impératrice de Russie,
et à Mˡˡᵉ T*** son amie ; » puis elle continua
en ces termes : « Monsieur l'abbé, je viens
confidentiellement auprès de vous, pour avoir
un renseignement de la plus haute importance ; et selon ce que vous me direz, je
prendrai une résolution définitive, ne voulant
agir dans cette circonstance que d'après vos
sages conseils. — Madame la princesse me
fait beaucoup trop d'honneur, assurément.
—J'arrive de suite au fait. Il s'agit d'une
personne à laquelle je porte un vif intérêt et
dont je veux assurer l'avenir en l'associant,
par le travail et l'éducation distinguée
qu'elle a reçue, à un projet d'enseignement
dont je m'occupe en ce moment et qui

arrivera à bonne fin avant peu de temps,
j'ose l'espérer. Mais comme il faut que je
sache avant tout si cette personne qui prétend être connue de vous, monsieur l'abbé,
est ou n'est pas digne de toute ma sollicitude, je viens simplement vous prier de vouloir bien m'éclairer et de me dire si vous
connaissez Mme de Morville?... — Si je la
connais, madame la princesse? s'écria l'abbé
en se levant subitement... Mais c'est une
enfant du régiment C'est moi qui l'ai
baptisée, c'est moi qui ai marié son père
et sa mère, quand j'étais aumônier au
3e léger. Ah! si c'est pour m'en dire du
bien, continuez, madame la princesse, nous
ferons *chorus* ensemble... Mais si c'est
du mal que vous avez à m'en dire, je ne
veux pas en entendre davantage : c'est
vous avouer que je la porte dans mon
cœur, et que je n'ai pas de plus grand
désir que de la voir heureuse et honorée

dans le monde. — Ces bonnes paroles venant
de vous, monsieur l'abbé, me sont précieuses
à entendre. Mais êtes-vous bien sûr que
votre bon cœur ne vous égare pas dans cette
circonstance? Connaissez-vous d'ailleurs à
fond la vie privée de cette dame dont la
malveillance s'est déjà beaucoup occupée ?
Enfin savez-vous s'il y a, oui ou non, un
point noir dans son existence ainsi que des
personnes mal intentionnées se plaisent à
l'affirmer ? Et s'il y a une faute à lui
reprocher, quelles sont du moins les raisons
qui peuvent l'atténuer et militer en sa faveur?
— Je ne puis pas avoir de secret pour vous,
madame la princesse, continue l'abbé, et mon
devoir comme ma conscience de prêtre
m'imposent l'obligation de vous dire toute
la vérité. Oui, il y a eu une faute et une
faute regrettable de commise ; et c'est les
larmes aux yeux et le désespoir dans l'âme,
qu'on est venu au tribunal de la pénitence

m'en faire l'aveu. Mais quand j'ai su què
c'était la lésinerie et le peu de bienveillance
d'une personne que je ne veux pas nommer,
qui l'avait pour ainsi dire forcée à avoir
recours à la générosité factice *d'un juif*,
d'un prêteur d'argent, qui, sous prétexte de
lui rendre service, s'était emparé habilement
de son esprit et de son cœur pour la perdre
et la précipiter dans un abîme de honte et
d'opprobre... Oh ! alors je me suis rappelé
l'exemple *de la Samaritaine* et *de la pauvre
Madeleine repentante*, et j'ai fait comme le
bon Dieu, j'ai pardonné !... » En prononçant
ces derniers mots, l'abbé avait véritablement
les larmes aux yeux, et ces dames paraissaient visiblement émues...

« Voilà pour le présent et pour le passé,
ajoute encore la princesse, mais qui peut répondre de l'avenir, monsieur l'abbé. — Moi,
madame la princesse, je vous en réponds ! Je
connais trop la fierté de son âme, et le

dédain qu'elle professe pour les mauvaises
passions, pour douter un seul instant que
la leçon cruelle qu'elle a reçue, ne lui
soit pas profitable et ne la mette désormais
à l'abri du danger. C'est la fille d'un brave
officier, que j'estime; elle est née à l'ombre
du drapeau du 3ᵉ léger, c'est moi qui l'ai
reçue à son entrée dans la vie, qui l'ai bénie
et qui ai prié pour elle; accordez-lui toute
votre confiance et toute votre bienveillance,
madame la princesse, tous mes vœux seront
exaucés et ma reconnaissance pour vous
sera sans bornes, en pensant que par vos
bontés vous aurez ramené une âme à Dieu! »
Aussitôt la princesse se leva et prit avec
effusion les mains de l'abbé, puis avant de
partir, elle lui dit ces mots: « Je me félicite,
monsieur l'abbé, de vous avoir rencontré, car
vous êtes non-seulement un homme de
cœur mais un excellent prêtre. Je vous
remercie aussi de tout le bien que vous

m'avez dit de votre protégée, j'en rendrai un fidèle compte à Mme de Morville,
dont la cause, grâce à vous, est irrévocablement gagnée ! » L'abbé accompagna ces
dames jusqu'à leur voiture, en leur offrant
ses salutations les plus respectueuses, puis
s'en retourna à son travail de jardinage,
avec la conscience d'un homme qui a rempli
son devoir, et en se disant, comme Titus :
« Je crois que *je n'ai pas perdu ma journée !* »

Tandis que la princesse et Mlle T***
étaient en visite chez l'abbé Pugin, Mme de
Morville, de son côté, s'était rendue à Paris,
dans la prévision d'une séparation qui
paraissait imminente. Elle s'était enfin
décidée à écrire à M. D*** pour l'informer
de la résolution qu'elle avait prise de s'en
aller à l'étranger, pour pouvoir mieux utiliser son talent musical. Elle lui exprimait
en même temps le désir qu'elle aurait de
voir, avant son départ, la position de sa

fille assurée d'une manière définitive, s'en rapportant d'ailleurs à sa délicatesse et à sa générosité pour tout ce que sa volonté et l'état de sa fortune lui permettraient de faire pour elle. Rendez-vous avait été pris chez le notaire pour terminer cette affaire, mais l'heure de la Bourse ayant empêché M. D*** de s'y rendre, ainsi qu'il l'espérait, il s'était fait représenter par un homme d'affaires, porteur de ses pouvoirs et d'un acte notarié, contenant une donation *de la somme de trente mille francs,* au profit de demoiselle *Charlotte-Évelina-Camille B****, pour en jouir par elle ainsi qu'elle l'entendrait à partir du jour de sa majorité, ou de son mariage, laquelle somme, augmentée des intérêts cumulés, devait rester déposée en l'étude du notaire jusqu'aux époques ci-dessus indiquées ; il était en outre stipulé qu'en cas de décès, la présente donation serait réduite de la moitié, c'est-à-dire à la somme de quinze mille francs, qui serait alors dévolue en toute propriété à Mme de Morville la mère. L'autre moitié revenant de droit au donateur.

Comme on le voit, M. D*** s'était exécuté de bonne grâce, et, malgré sa grande fortune, il ne pouvait guère faire mieux que ce qu'il avait fait. Ce n'était pas trop assurément, mais c'était assez. Il avait eu le bon goût d'épargner sa présence à Mme de Morville qui appréhendait telle-ment cette dernière entrevue, qu'elle l'appelait en tremblant *le quart d'heure de Rabelais*. Mais dans la lettre qu'il lui écrivait, où aux regrets occasionnés par son départ prochain se trouvaient mêlées une foule de protestations d'amitié, il lui faisait en outre des offres de service de toute nature, qui avaient toute l'apparence de la sincérité. Comme dans toutes les liaisons où l'amour-propre joue le rôle principal,

M. D*** voulait absolument qu'on dise de lui qu'il était un homme bien élevé, et qu'il savait mener les affaires de sentiment tout aussi bien que les affaires de Bourse. Ne lui en demandons pas davantage, *tout est bien qui finit bien*.

Mᵐᵉ de Morville se trouvait donc enfin rendue à elle-même dans la plénitude de ses droits et de sa liberté. Son rêve venait de finir, et son enthousiasme cessait pour faire place cette fois à une réalité plus sereine, et qui l'engageait d'honneur et par reconnaissance envers deux personnes qui venaient de lui donner une si grande preuve d'intérêt et de dévouement dans la circonstance peut-être la plus critique de sa vie. Il n'y avait plus à hésiter un seul moment, il fallait suivre aveuglément sa destinée, et se rendre avec confiance à leurs conseils et à leurs désirs, comme si c'était le vœu de la Providence qui le voulait ainsi. C'est

dans cette disposition d'esprit qu'elle venait
remercier la princesse de la démarche
qu'elle avait bien voulu faire en sa faveur,
et quoiqu'elle sût que l'épreuve était déci-
sive et tout à son avantage, elle n'en brû-
lait pas moins du désir d'en apprendre la
confirmation de la bouche même de la princesse, afin de connaître dans tous ses
détails cette entrevue qui l'intéressait à plus
d'un titre. « Ma chère enfant, lui dit-elle,
avec ce ton lent et bienveillant qui n'ap-
partient qu'à elle seule, je n'ai que de
bonnes nouvelles à vous annoncer. Vous
avez dans le digne abbé Pugin un conseil
et un ami dont le dévouement pour vous
dépasse tout ce qu'il est possible d'imaginer.
En effet, là où j'allais chercher de simples
renseignements sur vous et votre famille,
j'ai rencontré une voix éloquente et persua-
sive qui m'a fait l'éloge de votre personne
avec tant d'entraînement que j'ai cru, en

vérité, que c'était un père qui défendait
devant moi la vie ou l'honneur de son enfant.
Maintenant que je sais tout ce que je voulais
savoir, je n'ai plus qu'un seul désir, c'est
de continuer le rôle de l'abbé qui vous veut
tant de bien. Vous viendrez avec nous en
Russie, où notre maison sera désormais la
vôtre. Par nos soins et notre protection vous
aurez de suite, en arrivant, une position qui ne
vous fera pas trop regretter la France, j'ose
l'espérer; quant à ce qui concerne votre
avenir et celui de votre fille, vous n'avez
pas besoin de vous en préoccuper, c'est
moi qui m'en charge. » A ces mots Mᵐᵉ de
Morville émue jusqu'aux larmes, se jeta
aux genoux de la princesse, en lui sai-
sissant les mains qu'elle embrassa à plusieurs reprises avec la plus vive émotion.
Il est vrai de dire qu'elle était tellement
troublée par ce qu'elle venait d'entendre,
qu'elle ne trouvait pas une seule parole

6

pour exprimer verbalement la reconnaissance dont elle était pénétrée. — « Relevez-
vous, chère madame, lui dit la princesse
avec une extrême bonté, l'on ne se pros-
terne ainsi que devant la divinité ! Je dois
vous dire aussi que le jour de notre départ
pour Saint-Pétersbourg est plus prochain
peut-être que vous ne pensez, il est fixé
irrévocablement au jeudi 12 septembre, style
russe, ce qui vous donne en réalité jusqu'au
24 de ce mois pour faire vos préparatifs
de voyage. Notre intention étant de prendre
le chemin de fer de ceinture, pour nous
rendre directement au chemin de fer du
Nord, il faudra que vous ayez la complaisance de faire expédier ici, la veille au plus
tard, vos malles et tous vos bagages, afin
de pouvoir les joindre aux nôtres en par-
tant. » L'excellente Mlle. T*** arrivait justement de Paris et faisait son entrée au salon au moment où finissait la conversation.

Je crois déjà l'avoir dit, cette dame avait un cœur d'or ; c'était une de ces natures exceptionnellement bonnes, qui donnent tout ce qu'elles ont, sans s'inquiéter si au bout du compte les sacrifices qu'elles font pour les autres, ne deviendront pas plus tard pour elles-mêmes une gêne ou un embarras. Elle avait amassé en Russie par son travail et ses économies une petite fortune qu'elle réservait précieusement pour ses vieux jours, et voilà qu'à peine arrivée en France, sa famille, et plus particulièrement son beau-frère, M. G. de C***, ancien conseiller de préfecture, la met à contribution, en lui faisant emprunt sur emprunt pour des sommes assez importantes et que, bien entendu, il ne lui rendait pas. C'était, comme on le voit, l'épée de Damoclès qui était suspendue sur sa tête. Aussi je ne crois pas trop m'avancer en affirmant que, malgré tout le plaisir qu'elle

avait eu à se retrouver au milieu des siens,
les exigences pécuniaires exercées envers
elle par quelques membres de sa famille,
l'avaient tellement désillusionnée, qu'elle en
était quelquefois aux regrets d'être revenue
en France. C'est qu'elle ignorait, à Saint-
Pétersbourg, qu'il y a *trois choses* surtout
qu'il ne faut pas faire sous peine de
se brouiller avec ses meilleurs amis. C'est
de *prêter de l'argent, de faire des mariages
et de placer des domestiques.* J'avoue pour
mon compte que j'ai fait plusieurs essais
de ce genre qui ne m'ont pas très-bien
réussi, car je n'ai eu au demeurant pour
récompense de mes services que des déceptions qui frisaient un peu l'ingratitude. D'où
vient donc que l'on se fâche presque toujours avec les gens qu'on oblige? Est-ce
que la reconnaissance ne devrait pas être
une dette sacrée au lieu d'être un pesant
fardeau? Voilà pourquoi tant de débi-

teurs insolvables, loin de s'inquiéter du
qu'en dira-t-on ni des scrupules d'une
conscience alarmée, quand arrive *le quart
d'heure de Rabelais,* ne se font pas faute
de se débarrasser du fardeau qui les
accable, en mettant de côté la reconnaissance
qui les humilie !... Triste reflet du temps où
nous vivons, où, avec ces mots magiques
le progrès et la civilisation, on en est arrivé
à la personnification la plus complète de
l'égoïsme, de l'ingratitude et de toutes les
mauvaises passions qui affligent l'humanité. Quand je vois jusque dans les
rangs les plus élevés de la société des
exemples de cette démoralisation déplorable, qui indique chez ceux qui en sont
atteints une absence totale de sens commun
et un manque de cœur plus déplorable
encore, je me dis : « Mais ces mots :
noblesse oblige, ne sont donc plus qu'une
vaine fiction !... »

G.

Mlle T***, comme je crois l'avoir dit,
avait fait l'éducation de la grande-duchesse
Catherine, aussi était-elle connue avanta-
geusement de tous les princes et princesses
de la famille impériale. Elle comptait aussi
beaucoup d'amis parmi les hauts dignitaires,
de sorte que sa recommandation jointe à
celle de la princesse dont elle était en quelque
sorte le bras droit, formaient autour de
Mme de Morville comme un rempart de pro-
tections puissantes qui devaient pleinement
la rassurer sur les éventualités de l'avenir qu'elle allait chercher en Russie. Mais
le jour du départ approchait, et il lui res-
tait une foule d'acquisitions à faire pour
sa toilette : telles que dentelles, robes de
velours et de soie habillées. C'était comme
on voit une très-grande affaire, et surtout
une très-grande dépense, mais il n'y avait
pas moyen de s'en dispenser, ni de faire
autrement, parce que l'on fait beaucoup

de toilette à Saint-Pétersbourg. Heureusement pour elle que la vente de son mobilier
de la place de la Madeleine avait produit
une somme de cinq mille cinq cent soixante
treize francs qu'elle avait à sa disposition.
C'est aux *Magasins du Louvre* que les robes
furent achetées, et remises aussitôt aux cou-
turières, pour en faire, au moyen d'un double
corsage, des toilettes de ville et de soirée.
La chaussure et la ganterie furent également
achetées à Paris. Enfin il fut convenu avec
les fournisseurs que tous ces divers objets
seraient emballés avec le plus grand soin
comme devant parcourir un long trajet, et
livrés à Meudon, au plus tard, le 22 septembre au matin. Mᵐᵉ de Morville avait
profité de son dernier voyage à Paris pour
aller faire sa visite d'adieu à l'abbé Pugin.
Mais en arrivant à Grenelle, elle apprit à
son grand regret qu'il était allé déjeuner à
Paris chez un de ses bons amis, M. le comte

de Fautras, où il passait ordinairement la journée à faire le whist de son amphitryon. Elle était vraiment désolée de n'avoir pu le remercier encore une fois de vive voix de tout ce qu'il avait fait pour elle, car c'est à ses bons renseignements qu'elle était redevable de sa nouvelle position. Mais comme elle ne voulait pas partir sans lui exprimer sa vive reconnaissance, elle lui écrivit une lettre d'adieu qui se terminait à peu près ainsi : « Sur cette terre que je quitte peut-être pour ne plus la revoir, sont restés tous les êtres que j'aime : là des parents, des amis dévoués s'affligent de mon départ, et font des vœux pour mon heureux retour. Hélas! ces vœux seront-ils exaucés! que de dangers sèment la route où je suis maintenant lancée! Priez pour moi, monsieur l'abbé, vous, dont l'affection m'accompagne! Vos prières seront entendues de celui dont la providence veille sur la pauvre exilée! il

m'a déjà guidée dans ma difficile carrière,
m'abandonnerait-il après m'avoir conduite
au poste honorable où je *veux parvenir!*
Non, je crois à la voix intérieure qui me dit
d'espérer. Adieu, ou plutôt au revoir; car
je reverrai un jour ce beau pays de France,
et je serai heureuse de vous y retrouver.
Conservez-moi surtout ce bon et tendre souvenir, comme celui que j'emporte de vous!
Jouissez du bonheur et de la paix, tandis que
j'irai, conduite par le devoir, conquérir de
nouveaux titres à votre affection et à votre
estime !!! »

Le 24 septembre 1857, à huit heures du
matin, à la chapelle de la Vierge, à Grenelle,
l'abbé Pugin célébrait la sainte messe pour
les augustes voyageurs se rendant à Saint-
Pétersbourg, en souvenir du 3ᵉ léger!...

VI.

Tandis que le chemin de fer franchissait l'espace et s'élançait à grande vitesse vers les bords de la Néva, l'auteur de ce récit cloué au rivage, comme la poule qui a couvé des canards, suivait par la pensée, d'un œil inquiet et attentif, les illustres voyageurs qui s'avançaient à travers les steppes sauvages de la Pologne vers Saint-Pétersbourg. C'est qu'à mesure que la distance augmente, et que les objets s'éloignent, les impressions de voyages ne sont plus les mêmes et perdent énormément de leur intérêt. Ainsi voilà un fait à sensation qui,

vu de près, est plein de vie et d'animation.
Mais s'il se passe loin de notre présence
et de notre contrôle, il perd la majeure
partie de sa primeur et de son entrain. Ce
n'est plus alors qu'un vain songe, qui, après
avoir occupé pendant quelque temps notre
pensée, s'évapore dans les airs sans laisser
de trace de son passage ; sans doute il nous
sera difficile de continuer la tâche que nous
avons entreprise, car nous aurons à lutter
contre des difficultés de plus d'un genre.
D'abord la distance, puis les embarras pro-
venant d'une installation dans un pays où
rien ne ressemble au nôtre. Enfin le tribut
habituel que chacun paye en arrivant à ce
climat rigoureux qui éprouve les santés
mêmes les mieux constituées. Quoi qu'il en
soit, les correspondances ne nous feront pas
défaut, et nous permettront en tout cas de
rendre compte des événements importants
qui concerneront tous les personnages que

nous avons mis en scène dans cet ouvrage.
Si j'ouvre le guide du voyageur en Russie,
j'y vois que Saint-Pétersbourg, en latin
Petropolis, est à 2,700 kilomètres N. E. de
Paris ; qu'on y compte 470,202 habitants
et que c'est la résidence habituelle de
l'Empereur et de toutes les administrations
centrales. Mais tout cela ne nous apprend
rien que nous ne sachions déjà. C'est donc
avec un vif sentiment de satisfaction que
nous transcrivons ici les quelques fragments
d'un voyage en Russie que nous devons à
l'obligeance de M. Lauvergne, sous-commis-
saire de marine, qui a bien voulu nous
confier la relation du voyage qu'il a fait au
Spitzberg sur la frégate la *Recherche*.
Quoique ce voyage soit d'une date déjà ancienne, il n'en offre pas moins un intérêt réel.

« Nous quittâmes Viborg le 2 décembre,
et nous arrêtâmes le soir à une auberge
moins mauvaise que l'hôtel le plus famé

de Viborg. Le froid vif qui se faisait sentir, se montrait surtout sur la moustache et la barbe des cochers que nous rencontrions sur la route. Le lendemain nous étions sur le territoire russe, et le soir nous faisions notre entrée à Saint-Pétersbourg, nous installant à Wasiliostroff, hôtel Leyde, où nous ne pûmes avoir que deux chambres, dont l'une bien éclairée, située sur la rue et l'autre sombre et servant de dortoir commun.

«Saint-Pétersbourg, ville de *pierre,* quoique ce ne soit qu'une ville de plâtre, est située sur un terrain plat et uni; toutes les maisons sont à peu près de la même hauteur et se ressemblent par la façade et la couleur dont elle est peinte. Il est très-difficile à un étranger de retrouver sa maison. Toutes les églises se terminent de la même manière, ou par une longue flèche en métal, ou bien par des espèces de clochers dont le sommet

7

aigu s'élargit tout à coup pour former une
base semblable à une casserole, d'où
partent une infinité de ficelles en métal,
dont j'ai cherché jusqu'ici l'utilité. La
colonne d'Alexandre, qui est le plus grand
monolithe connu, est placée entre la maison
d'hiver de l'empereur et une rangée circu-
laire d'assez jolies maisons qu'on m'a dit
être occupées par divers ministères. Elle
pourrait servir de reconnaissance, mais on
ne peut la voir que d'un seul côté, et alors
on préférera toujours se guider sur le dôme
de l'église d'Isaac qui n'est pas loin de là.
La construction grandiose de cette église
mériterait une description à part. Je me
bornerai à dire qu'elle n'est point encore
terminée, que toute la beauté de l'édifice
consiste jusqu'à présent dans le grandiose
des colonnes de la façade principale,
lesquelles se composent chacune d'un seul
bloc de granit. L'aspect extérieur de l'église

d'Isaac est lourd; la statue équestre de
Pierre le Grand est écrasée par les propor-
tions colossales de l'église. Quelque admiration que je puisse avoir pour la capitale russe,
le souvenir de Paris vient détruire le prestige. Ainsi la perspective Newski n'est rien
à côté de nos boulevards. L'amirauté n'est
rien devant les belles façades du ministère
de la marine et du garde-meuble. Le palais
d'hiver de l'empereur ne peut supporter
une comparaison avec nos Tuileries.

« Si, laissant de côté les grands édifices
publics, nous jetons les yeux sur les maisons
des particuliers, nous n'y verrons que du
bois recouvert de plâtre ; la plus grande
partie des magasins se trouve sur terre, et
ceux dont l'étalage est à la hauteur de l'œil,
étriqués, mesquins ; les vitres couvertes de
givre n'en laissent pas voir l'intérieur. Les
hommes et les femmes sont pendant huit
mois de l'année emballés dans des paquets

de laine et de fourrure qui leur donnent
l'air de guérites ambulantes et ne laissent
voir ni mains ni taille, à peine même si on
leur voit les yeux. La scène change quand
on entre dans un salon ; ces mêmes femmes,
débarrassées de leurs fourrures, se montrent
alors sous le point de vue le plus beau, avec
leurs blanches épaules et leurs cheveux noir
de jais. Aussi il faudrait avoir le cœur plus
dur que le granit de Finlande, pour ne
pas être électrisé par leurs cils longs et
soyeux qui abritent leurs prunelles brû-
lantes. C'est aujourd'hui la fête de l'empereur de Russie; quelques centaines de
lampions disséminés à cent pas de distance
et quelques bougies placées dans l'intérieur
des appartements en font tous les frais, et
sans un clair de lune magnifique qui
complète l'illumination, je serais forcé de
vous dire qu'il fait beaucoup plus clair à
Paris quand il fait bien nuit, que quand on

illumine à Saint-Pétersbourg. Par 28° de
froid toute la chaleur se concentre dans l'intérieur des appartements. En Russie, dans
toutes les maisons, les fenêtres sont doubles
et hermétiquement fermées. Chaque appartement est chauffé par un poêle de faïence
qu'on allume d'ordinaire le matin et le soir.
Saint-Pétersbourg parait être la proie d'un
vaste incendie, et plus d'une fois je suis
sorti malgré un froid de plus de 20°
pour jouir du bel effet que les rayons du
soleil produisaient au milieu de ces masses
de fumée s'échappant par des milliers de
cheminées.

« Le marché de Sennoï occupe le centre
d'une vaste place, où se presse la foule des
acheteurs. On y vend surtout des comestibles
mais tout est gelé. Ici ce sont des lièvres,
là des cochons, des bœufs; des moutons
sont debout sur leurs pattes et ont l'air
de courir les uns après les autres; à côté

sont les coqs de bruyère, les perdrix ; plus
loin les poissons de toute espèce, au milieu
de tout cela, les costumes plus ou moins
bizarres des mougiks, des cochers, des
marchands. Là c'est une redingote en
peau de mouton, ici une pelisse en marmotte
du Canada, une tuloupe en astrakan ; on ne
voit partout que des bonnets fourrés, des
moustaches d'où pendent des chandelles de
glace, des barbes couvertes de givre, des
manteaux de femmes, les panaches des
militaires qui traversent la place, enfin une
foule d'équipages de tout genre depuis
l'élégant traîneau du riche propriétaire qui
se distingue par la grâce du cheval de côté,
jusqu'à l'échafaudage informe et couvert de
glace sur lequel on porte l'eau à domicile.
Cette place est une vraie macédoine,
intéressante non-seulement pour le peintre
mais encore pour l'observateur. Je me
plaisais à circuler au milieu de la foule

et des traîneaux qui tiennent lieu de magasins. Chaque paysan me vantait sa
marchandise en l'accompagnant du sem-
piternel : *karacho* (c'est bien). L'observatoire
de Puskova est situé à **22** verstes de Saint-
Pétersbourg. Il est cité comme le premier
monument de ce genre, soit sous le rapport
de l'économie du temps, des commodités
qui entourent l'observateur, soit enfin par
la riche dotation d'instruments astronomiques
que les savants doivent à la munificence de
l'empereur de Russie. Dans une ville où
presque toutes les maisons et la plupart des
édifices publics sont en bois, les progrès du
feu doivent être rapides ; aussi la sollicitude
de l'administration doit-elle apporter une
grande surveillance à toutes les causes
qui peuvent communiquer l'incendie. Par
exemple il est défendu de fumer dans les
rues ; et il existe en plusieurs endroits des
tours élevées qui dominent la ville, d'où le

gardien donne le signal, aussitôt que le feu
s'est déclaré dans un lieu quelconque.
Pendant notre séjour à Saint-Pétersbourg, il
y eut plusieurs incendies, et l'on m'a assuré
que lorsque le feu se manifesta dans la
perspective Newski, au café Dominique,
l'empereur lui-même se rendit sur les lieux.

« Notre arrivée dans cette capitale s'annon-
ça sous des auspices peu favorables ; nous y
arrivâmes avec une barbe de six mois et
nous fûmes la promener dans la perspective
Newski. Nous y attirions les regards de
tout le monde ; on faisait pour ainsi dire
queue pour nous voir, et je m'aperçus que
la curiosité se partageait inégalement entre
deux personnes, mais que j'en avais la part
le plus large. Le soir, au théâtre, ce fut le tour
de mon camarade : toutes les lunettes étaient
braquées sur sa chevelure jaune serin.
Nous en connûmes le lendemain le motif :
nous apprîmes qu'on avait cherché tous les

moyens de savoir qui nous étions, d'où nous venions, où nous allions; que l'on avait envoyé des gens de la police près de nous; enfin que nous étions comme des brebis galeuses; force nous fut donc de faire rogner notre barbe et nos cheveux. Il n'y a ici que les mougiks qui laissent pousser leur barbe, et il existe un ukase qui enjoint d'avoir le menton rasé.

J'ai cité un peu plus haut le musée de l'Ermitage. Nous avons visité les diverses écoles du gouvernement, mais tout y est guindé, tout y est préparé pour être montré aux étrangers. Si vous visitez un hôpital, vous êtes étonné de la propreté; tous les lits sont bien faits, il n'y a pas un pli sur la couverture; mais il est défendu au malade de se coucher, ou bien il ne doit pas se lever; et s'il quitte son lit le matin, il est obligé de rester debout toute la journée. Vous voyez ces pauvres malheureux prévenus par un

7.

gardien de l'approche des visiteurs se mettre
en rang, le bonnet à la main. Sous le rapport
de l'instruction publique, le bon sens suffit
pour vous dire qu'elle doit être entravée à
cause de la censure qui pèse sur tous les
ouvrages étrangers ; on ne tolère l'impression
d'un ouvrage russe qu'autant qu'il flatte la
nation, l'empereur, et qu'il est écrit de manière à laisser le peuple dans l'ignorance la
plus complète. Qu'un prédicateur s'avise
de dire la *Patrie céleste*, qu'un naturaliste
dise que le Spitzberg est la patrie des *ours
blancs*, vous verrez la main de la censure
rayer impitoyablement tous ces mots qui
sentent le républicain.

« Saint-Pétersbourg est un séjour éminemment ennuyeux pour celui qui n'a pas
la particule nobiliaire devant son nom et
dont la bourse n'est pas suffisamment garnie.
Un étranger ne peut arriver ici sans qu'il
soit étudié du matin au soir. A la moindre

indiscrétion l'on vous conduit poliment à la frontière, sans vous donner une seule minute pour régler vos affaires[1]. Tous les ouvrages français sont prohibés ou doivent préalablement être soumis à la censure. Avant de quitter Saint-Pétersbourg, nous avons encore à parler de l'église de Gazan, où l'on a dépensé un grand luxe de richesse dans les ornements et dans l'architecture; de belles statues en bronze et de grandeur colossale ornent la façade principale; les portes sont occupées par des bas-reliefs du même métal, remarquables surtout par l'exécution; elles sont copiées sur celles qui décorent le baptistère de Pise, lesquelles furent exécutées par Guiberti. Ainsi vous pouvez choisir entre Pise et Saint-Pétersbourg, si le démon de la curiosité vous talonne. C'est là qu'est l'original. »

1. Je laisse à M. Lauvergne la responsabilité de ses appréciations sans les partager.

Nous arrivons avec joie à la fin de notre tâche que les événements qui se sont accomplis ont rendue de plus en plus facile. Six années consécutives passées en Russie ont produit les meilleurs résultats; et jamais artiste ne fut plus gracieusement accueillie par un public sérieux et distingué que Mme de Morville : il semblait en vérité que dès son début la fortune devait s'associer à ses succès, car indépendamment des applaudissements et des couronnes que lui décernaient ses élèves, une pluie de roubles comme les eaux du Pactole coulait déjà à ses pieds. C'est qu'aussi elle avait dépassé, et au delà, toutes les promesses qu'elle avait faites, et qu'elle avait su de suite, par son travail et sa bonne tenue, justifier les espérances et la confiance qu'elle.avait fait naître. Ses rapports journaliers avec une société d'élite et la plus aristocratique du monde entier, l'avaient tellement fascinée qu'elle sentait sa

reconnaissance déborder à pleins bords
pour toutes les personnes qui, de près ou de
loin, lui avaient accordé la faveur de leur
protection. Aussi les soins incessants qu'elle
apportait dans la direction de sa classe, lui
avaient-ils mérité les suffrages et les témoignages les plus honorables de la part de tous
les professeurs.

L'Institut était situé rue Italianskaii, près
du canal Catherine, dans l'hôtel de la princesse Engalittcheff, où les élèves, filles des
plus grands dignitaires de l'empire, étaient
installées avec tout le confortable possible.
Les classes étaient très-fortes et très-nom-
breuses, aussi la prospérité de cet établissement appelé à rendre les plus grands services,
allait-elle toujours en croissant. Mᵐᵉ de Morville, par la nature de ses fonctions, se trouvait en rapport avec les premières familles de
Saint-Pétersbourg dont les portes lui étaient
ouvertes à cause des leçons et des répéti-

tions qu'elle avait à donner à ses élèves. Son cours de solfége surtout était très-apprécié en haut lieu.

Mais la bienveillance de la princesse ne connaissait pas de bornes, quand il s'agissait de rendre service ; aussi ne devait-elle pas s'arrêter en si beau chemin. Elle était partie de France, en méditant un projet qu'elle n'avait communiqué à personne, et qu'elle comptait bien mettre à exécution aussitôt que les circonstances le lui permettraient. C'était une grande affaire, comme on voit, car il ne s'agissait rien moins que d'un mariage, mais que d'obstacles et de difficultés à vaincre pour en arriver là !

Il y avait à *l'Institut* un professeur d'élo-quence française qui était un homme de mérite et d'une distinction parfaite. C'était le fils d'un notaire de Metz, qui avait fait d'excellentes études en France, et qui était venu à Saint-Pétersbourg pour y faire

l'éducation d'un jeune prince russe. Son
goût pour la littérature en même temps que
ses sympathies pour un pays qui lui offrait
si généreusement l'hospitalité, l'attachèrent
de plus en plus à la carrière de l'instruction
publique où avec le temps il était parvenu
à un rang élevé qui correspondait dans l'armée au grade de colonel. Cette haute
position lui avait valu la faveur d'être
nommé commandeur de l'ordre de Saint-
Stanislas de Russie, et le gouvernement
français, pour le récompenser du zèle et des
soins qu'il apportait dans l'exercice de
ses fonctions de président du bureau de
bienfaisance pour la colonie française,
l'avait également nommé chevalier de la
Légion d'honneur. De sorte que M. Adrien
D*** était un personnage important, et qui
jouissait à Saint-Pétersbourg de la plus
grande notoriété. Sa place à *l'Institut* et le
produit de ses leçons particulières lui

donnaient un revenu très-confortable qui
lui permettait de vivre très-honorablement
et de faire en même temps de notables
économies. C'était donc en définitive un
excellent parti. Il avait eu à plusieurs
reprises l'occasion d'exprimer à Mme de
Morville les sentiments de respectueuse
sympathie qu'il éprouvait pour elle; et cet
aveu si bien fait pour la toucher, ne l'avait
flattée que dans son amour-propre ; car
l'idée seule qu'il pouvait en résulter pour
elle un mariage lui donnait le vertige et
troublait sa raison. Elle sentait bien qu'il
lui faudrait tôt ou tard faire amende honorable et révéler un passé qu'elle re-
grettait sans doute, mais enfin qui était
un fait accompli et sur lequel il n'y avait
plus désormais à revenir. M. Adrien D***
d'ailleurs était un trop honnête homme,
pour qu'on ne lui laissât rien ignorer. Aussi
malgré toutes les difficultés plutôt apparentes

que réelles qu'il rencontrait, il se sentait
toujours porté d'inclination vers cette union,
où il entrevoyait pour l'avenir un bonheur
durable et sans mélange. Or il ne s'agissait plus, en ce moment, que de con-
vaincre Mᵐᵉ de Morville que le mariage
était le seul moyen de légitimer aux yeux
de la loi une situation aussi fausse qu'irré-
gulière. Elle ne l'ignorait pas, sans doute,
et cependant elle hésitait encore.

VII

. Désespéré d'un refus dont il cherchait vainement la cause, et ne sachant plus à quel saint se vouer, M. Adrien D*** avait pris le parti d'aller confier sa peine à la princesse. Il savait du reste combien elle était bonne et combien ses décisions avaient d'autorité sur l'esprit de Mme de Morville. Aussi après quelques entrevues, et le temps nécessaire pour remplir les formalités usitées en pareil cas, ce mariage qui était l'objet des désirs de deux personnes intelligentes, et si bien faites pour s'aimer et s'entendre, se faisait quelques jours plus tard

en présence du consul de France, sous les
yeux de la princesse en personne, et avec les
bénédictions de la Providence, car c'est
évidemment par son fait que s'accomplissait
cette bienheureuse régénération. Buffon a
dit quelque part : — « *Le style c'est
l'homme.* » Une seule lettre de cet homme
de bien, nous le fera mieux connaître que
tous les éloges que nous pourrions faire
de sa personne. C'est à sa vieille mère de
quatre-vingts ans qu'il écrit :

Saint-Pétersbourg, le 10/22 avril.

« Chère mère,
— « Je ne sais comment m'excuser d'être
resté si longtemps sans vous donner de
nos nouvelles. Les occupations d'une part,
de légères indispositions et un peu aussi
l'habitude de remettre au lendemain ce
qu'on devait faire le jour même, voilà mon
examen de conscience; et comme nous

sommes au temps des fêtes de Pâques, je
compte sur votre absolution.

« La saison marche cependant, vous
jouissez déjà des douceurs du printemps;
le soleil vous réjouit le cœur, et les lilas,
les violettes embaument vos appartements.
Ici nous sommes encore dans les neiges, et
l'hiver a une véritable queue de comète.
Dimanche dernier, c'est-à-dire le 8 avril,
nous avons fêté le saint jour de Pâques; le
temps était assez beau, mais depuis plus
de soleil. Il tombe une neige fondue qui
vous glace et vous fait désirer de voir les
jours se succéder rapidement. »

« Nous avons été quelque peu indis-
posés, ma femme et moi; des rhumes, des
grippes, des refroidissements, tel a été
notre lot pendant une partie de l'hiver.
Mais il nous siérait mal de nous plaindre à
une pauvre malade plus éprouvée que nous.
J'espère, chère mère, que vous n'avez pas

eu de crise nouvelle et que la belle saison
va vous apporter un vrai soulagement.

« Il est très-probable que nous voya-
gerons cet été. Notre santé et le désir bien
naturel de revoir tous nos chers parents,
nous en imposent en quelque sorte l'obligation. Il se pourrait toutefois que ma
femme fût retenue plus longtemps que
d'habitude par les leçons qu'elle a chez
l'Empereur depuis trois mois, elle fait un
cours de solfége *aux deux grands-ducs
Serge et Paul,* les derniers rejetons de
Leurs Majestés. Ces leçons jointes à celles
qu'elle donne chez *la grande-duchesse
Catherine* reculeront peut-être notre départ
d'un mois. Ce petit désagrément aurait des
compensations, il est vrai ; mais il serait
fâcheux de ne pas profiter de nos trois
mois de vacances.

« Nous comptons aussi emmener avec
nous Camille, qui est une belle jeune

fille, fraîche et rose, comme on doit l'être
à son âge. Elle travaille son piano avec
persévérance et prend des leçons de Henself ;
c'est un des professeurs les plus distingués,
très-sévère, très-exigeant, et je dois dire à
la louange de notre chère fillette, que
Henself est toujours content d'elle.

« Nos fêtes de Pâques se sont passées
comme à l'ordinaire en famille, je veux
dire avec Mlle T*** qui est pour nous comme
une parente. Il y a eu un petit échange de
cadeaux et de surprises ; et, pour ma part,
j'ai été fortement absorbé par l'organi-
sation d'une grande loterie que nous avons
tirée avant-hier, au profit des indigents de
la colonie française. L'opération a parfaitement réussi ; et bien que nos comptes ne
soient pas complétement arrêtés, nous pouvons dire à vue de nez, qu'il y aura un béné-
fice réalisé de près de 25,000 roubles.

« Ma femme me prie de vous offrir se

hommages les plus affectueux ; et moi,
chère mère, je vous embrasse en vous
assurant de tous mes sentiments les plus
dévoués et les plus respectueux.

« ADRIEN D***. »

Cette lettre qui est un modèle de
style épistolaire et de piété filiale peint
les personnages que nous avons mis en
scène beaucoup mieux que nous n'aurions
pu le faire. Notre but est désormais
atteint. En écrivant ces lignes, nous vou-
lions établir en principe, et les preuves à
la main, que l'indulgence et le pardon des
injures ramenaient plus de monde que la
rigueur et la sévérité. Les événements nous
ayant donné complétement raison, nous en
sommes aujourd'hui plus convaincu que
jamais. Quand on a commis une faute, et
qu'on sait la racheter par un repentir sincère
et une vie régulière et irréprochable, on est

bien près de se réhabiliter aux yeux du
monde, le reste n'est plus alors qu'une
affaire de temps. Ne nous montrons donc
pas plus sévères que celui qui a dit ces
sublimes paroles : « Que celui qui se croit
sans reproche et sans péché lui jette la
première pierre. » Et reportons-nous en
finissant à l'excellente morale de l'abbé
Pugin, de ce brave et digne aumônier du
3ᵉ léger, qui, pénétré des bontés de la
Providence, en présence de la fragilité
humaine, s'écriait souvent *in petto :* « Seigneur, pardonnez-leur, parce qu'ils ne
savent ce qu'ils disent ni ce qu'ils font !
*Parce eis, domine, quia nesciunt quid dicunt
nec faciunt !* »

Ce n'est pas sans un profond sentiment de
tristesse que je termine cette histoire, par
les deux lettres suivantes qui prouveront,
aux plus incrédules de mes lecteurs, que
les personnes que j'ai citées dans cet

ouvrage n'étaient en aucune façon des personnages de fantaisie ou de convention. En les faisant en quelque sorte assister à leurs derniers moments, j'ai pensé qu'ils seraient plus à même d'apprécier et l'élévation de leur caractère et la difficulté du rôle qu'ils ont eu quelquefois à remplir, surtout après avoir vu le vide immense et les regrets unanimes qu'ils ont laissés après eux!...

Saint-Pétersbourg le 26 mars (7 avril).

« Mon cher monsieur l'abbé,

« Il y a huit jours à peine que ma femme vous écrivait pour vous annoncer que Camille était malade de la rougeole. Cet affreux mal qui semble ne vouloir s'en prendre qu'aux enfants est venu surprendre notre pauvre fillette au milieu des préparatifs d'une fête, et après s'être manifesté assez fortement dans certaines parties du corps, s'est dérobé

presque subitement. Le dénoûment dès lors
n'était plus douteux ! Notre Camille bien-
aimée, cette chère enfant qui faisait toute
notre joie, toute notre espérance, nous a
quittés pour toujours. Elle est morte après
cinq jours seulement de maladie, le vendredi
2 avril vers les dix heures du matin. Oh !
vous comprendrez tout ce que renferme de
douleur poignante ce mot : morte, morte à dix-
huit ans ! Nous sommes dans la désolation,
et la pauvre mère n'en peut croire ses yeux :
elle cherche et appelle sa fille chérie, son
amie, sa compagne, elle s'imagine qu'elle
va la voir venir reprendre auprès de nous
sa place accoutumée ; qu'elle est sous l'empire d'un mauvais rêve !... Hélas ! plus
rien qu'une réalité effrayante, qu'un deuil
profond, qu'une douleur qui vous fait saigner
le cœur !

« Mais permettez-moi de vous raconter
dans tous leurs détails les phases de ce

triste événement. Depuis quelque temps
Camille souffrait beaucoup d'une névralgie
pour laquelle j'avais essayé de la magné-
tiser. J'avais réussi à la calmer, mais les
souffrances revenaient, si bien qu'elle se
décida à faire une visite au dentiste. Cela
se passait le vendredi 14/26, huit jours
avant sa mort ; elle avait un bal en perspective pour le lendemain, et pour rien au
monde elle n'eût voulu le manquer. C'était
pour l'aniversaire de naissance d'une amie
qui fêtait ses seize ans. Le dentiste, après
avoir examiné les dents les unes après les
autres, affirma que c'était purement et simplement une névralgie qui se dissiperait
avec de l'exercice et de la chaleur. Où trouver une meilleure occasion qu'un bal pour
obéir à l'ordonnance ? Malheureusement ce
que nous prenions pour une névralgie était
le premier symptôme de la rougeole ! nous
allâmes à ce bal : la pauvre enfant était par-

venue à nous cacher la fièvre qui la dévorait.
Au bal elle dansa beaucoup, mais avec
moins d'entrain que d'habitude : elle avait
une certaine nonchalance qui nous préoccupait fort. Elle prit une glace et quelques
rafraîchissements qui pouvaient bien ne pas
lui convenir ; à 3 heures on servit le souper ;
elle ne mangea presque rien. Les paupières
s'appesantissaient ; il lui tardait de rentrer
à la maison. Nous eûmes soin de la bien
envelopper pour qu'elle ne se refroidît pas.
A 4 heures elle se mettait au lit. Le dimanche
le médecin vint la voir et déclara que c'était
la rougeole. Alors pour éviter tout contact
à cause de nos leçons au palais et ailleurs,
on fit descendre Camille à l'infirmerie de
Mlle T*** qui avait déjà une de ses élèves
malade. Tout alla bien pendant trois jours :
même le mardi notre chère enfant se sentit
un grand appétit et mangea une aile de
poulet. Cela n'était guère prudent ; elle rit

et causa avec l'autre jeune fille, fit une partie
de cartes et écouta avec plaisir une lecture.
Sa mère alla la voir ce soir-là : quelle joie!
quel bonheur! mais il fallait se séparer : Camille pleura longtemps; était-ce un pressentiment? Je ne le crois pas. Il n'en est pas moins
vrai qu'à partir de ce moment elle ressentit
des douleurs de tête qui durèrent jusqu'au
moment où le cerveau se trouva engagé.
Pendant toute la journée du mercredi, la
malade éprouva un grand abattement ; vers
le soir, la somnolence commença, mais il
n'y avait pas encore absence de sentiment.
Jeudi vers midi le docteur manifesta un peu
d'inquiétude. Mais il n'y avait aucun danger. L'aveuglement était bien fort : une
sorte de fatalité semblait s'acharner contre
notre bien-aimée. Ma femme se décida à
soigner sa fille elle-même; elle alla s'installer au chevet de Camille qui reconnut sa
mère, mais sans parler et presque sans

ouvrir les yeux. Peu à peu la congestion du
cerveau se fit, la paralysie s'opéra! c'était
fait de notre fille! on usa de tous les
moyens, impossible de la rappeler à elle :
elle s'éteignit sans secousses, sans douleurs,
sans angoisses, sans éprouver, elle qui
tenait tant à la vie, les appréhensions de la
mort! quelques moments avant l'heure
suprême, un prêtre, qui donnait une leçon
dans la maison fut appelé; il la bénit, lui
donna l'absolution et partit en toute hâte
pour aller chercher l'extrême-onction; mais
quand il revint tout était consommé!...

« Quel spectacle pour nous qui entourions
le lit funèbre! Quel déchirement pour nos
cœurs, pour celui de la pauvre mère surtout,
qui voyait s'anéantir dix-huit années de
soins, de tendresse! Notre enfant chérie,
que tout le monde aimait, qui avait tant de
belles et bonnes qualités, qui parlait quatre
langues, qui jouait admirablement du piano,

qui était charmante, en un mot, et à qui
l'avenir souriait ; notre gaieté, notre espérance, notre amour, elle n'était plus ! Ah !
que de larmes, de sanglots, de cris de
douleur nous échappèrent alors ! La résignation qui devait venir, était bien difficile
dans ce moment suprême. Mais quand elle
fut parée pour son cercueil, quand on eut
tressé ses beaux cheveux et posé sur son
front virginal une couronne de roses blanches
et son voile de fiancée, elle nous apparut
avec le calme et la majesté de la mort. Un
sourire angélique se dessina sur ses lèvres,
on l'aurait crue transfigurée.

« La triste nouvelle se répandit prompte-
ment dans tout Pétersbourg : et chacun en
fut consterné. Des témoignages de la plus
vive sympathie nous arrivèrent de toutes
parts. Des fleurs, des lettres, des cartes de
visite. A la cour même, chez l'Impératrice
on s'entretint de cette mort inattendue,

on plaignit la pauvre mère, et l'on se prit à regretter cette jeune fille, que tout le monde avait remarquée.

« Le samedi soir nous la transportâmes au caveau et l'enterrement fut fixé au lundi à 11 heures. Vous m'excuserez, mon cher monsieur l'abbé, de vous parler si longuement de ces détails navrants. Mais vous nous avez donné tant de preuves d'intérêt et d'affection que je me crois pleinement autorisé à le faire. Et puis si quelque chose peut adoucir l'amertume de notre chagrin, c'est l'amitié de ceux qui nous connaissent, la sympathie des uns et des autres, la communauté des regrets...

« A l'heure indiquée, l'église était pleine de monde ; un simple avis dans le journal avait annoncé le service funèbre. Plus de trente voitures stationnaient à la perspective de Newski où se trouve notre paroisse. Le cercueil tout en drap d'argent posé sur un catafalque élevé, était couvert de couronnes de fleurs et de bouquets, et entouré de dix-huit candélabres; on voyait parmi les assistants S. A. *le duc de Mecklembourg-Strélitz,* le mari de la grande-duchesse Catherine de Russie, la *Princesse Lwoff,* grande maîtresse du palais de Son Altesse Impériale Mᵐᵉ *la grande-duchesse Hélène,* la *princesse Gagarine,* la *princesse Obolenski,* la *princesse Galitzine,* la *princesse Wiasemski,* la *princesse Dolgorouski,* le *prince Bariatinski,* la *comtesse Schiremtreff,* la *comtesse Aprartine,* la *comtesse Tolskoï,* la *baronne de Jomini,* la *baronne de Rosen;* les *Bachmetieff,* les *Issakoff,* les *Mattzoff,* les *Reutern,* les *Oseroff,* les *Oboukoff,* et les personnages les plus marquants de la colonie française (moins l'ambassade). La plus grande partie de ce monde suivit le convoi; un grand nombre de personnes allèrent jusqu'au cimetière qui est à 7 kilomètres de la ville;

et là, quand on déposa notre blanche colombe dans sa dernière demeure, ses compagnes s'approchèrent avec des corbeilles de camélias et de fleurs effeuillées, et la couvrirent de ces fraîches pétales.

« Oh! quel cœur ne se fût senti ému en présence de cette douleur et de ces regrets! Nous revînmes brisés. Mlle T*** fut admirable de dévouement, elle et beaucoup d'autres. Mais quel vide autour de nous!

« Le lendemain mardi, nous sommes allés, ma femme et moi, demander des consolations à celui qui pèse les destinées; tristes et soumis nous lui avons répété : « Que votre volonté soit faite! » il lui a plu de nous reprendre l'ange qu'il nous avait donné; sans doute pour lui éviter bien des tourments, bien des épreuves; c'est nous qui sommes à plaindre, nous qui souffrons, nous qui sommes délaissés! mais au pied de la croix on retrouve le courage, et c'est là aussi qu'on

sent que tout ne finit pas avec nous, car
tout cœur chrétien espère revoir dans un
monde meilleur ceux qu'il a aimés ici-bas.

« Je compte sur votre cœur si bon, si
sympathique pour m'autoriser à vous confier
nos douleurs. Associez-vous donc à nous,
pleurez avec nous et prions ensemble pour
que Dieu prenne pitié de nos cœurs endolo-
ris.

« Veuillez, je vous prie, agréer l'expression
de mes sentiments les plus reconnaissants
et les plus respectueux.

« ADRIEN D***. »

Dernière lettre de l'abbé Pugin.

Le Puy, le 26 avril 1869.

« Mes bons et bien chers amis,

« Votre lettre m'est arrivée comme un
coup de foudre : je n'en avais pas besoin,
nous en reparlerons plus tard. Je mêle mes
larmes aux vôtres. Vous savez combien je
vous aime et combien j'affectionnais cette
chère enfant qui dans nos rapports particuliers, bien que je lui fisse quelquefois
de la morale, ne cessait de me répondre
toujours d'une façon aimable et avec le désir
et l'espérance de me contenter. C'est une
grande perte et un malheur irréparable qui
empoisonne votre existence.

« Je suis dans un bien triste état. On m'a
déjà administré une fois. J'ai une malheu-
reuse enflure dont on ne peut pas me débarrasser. On m'ouvre les jambes l'une après

l'autre sans succès. Je passe ma vie toujours assis sans pouvoir bouger et les autres douze heures au lit sans qu'il me soit permis de me retourner. Vous voyez que ma position n'est pas belle, privé comme je le suis de toute locomotion et même de la ressource d'écrire.

« Recevez donc, mes chers amis, l'assurance de ces vrais sentiments de cœur que vous savez si bien apprécier.

« L'ABBÉ PUGIN. »

L'état de santé dans lequel se trouvait depuis longtemps M. l'abbé Pugin devait faire présager un dénoûment prochain. En effet, quelques jours après avoir écrit cette lettre, il rendait son âme àDieu, en s'éteignant pour ainsi dire sans souffrance et sans agonie dans les bras d'un frère éploré qui lui était entièrement dévoué.

Quant à M. Adrien D***, cet homme si

éminemment bon, dont la correspondance,
aussi intéressante que touchante, nous a tiré
des larmes, il est mort à Fontainebleau, le
31 décembre 1874, au moment où il venait
de quitter la Russie pour se fixer en France
auprès de sa famille qu'il aimait tant! Avec
des qualités aussi élevées et aussi distinguées que les siennes, on peut dire avec
certitude qu'il laisse en mourant d'unanimes
regrets à ses nombreux amis ainsi qu'à sa
veuve, inconsolable de sa perte si prompte
et si prématurée, car il avait cinquante-huit
ans à peine!

Dernière prière. Si jamais vous avez
occasion, cher lecteur, de visiter le cimetière catholique de Saint-Pétersbourg, qui
est situé à 6 ou 7 kilomètres environ de
cette ville, lorsque vous serez au milieu de
ces nombreuses sépultures, qui paraissent
bien nues et bien abandonnées, surtout
quand ce champ de repos est encore privé

de fleurs et de feuillage ; après avoir parcouru une longue allée plantée d'arbres
verts, vous vous trouverez en face d'une
bien modeste tombe, avec tablette en
marbre blanc, posée sur un soubassement
un peu élevé au-dessus du tertre ; arrêtez-
vous alors devant cette simple inscription :
Camille — 18 ans — 1869 ! et donnez une
larme à la pauvre jeune fille, en souvenir
de la France et en mémoire *du 3ᶜ léger !*

LE

CHATEAU D'ARTHÉ

EN BOURGOGNE.

LE

CHATEAU D'ARTHÉ

EN BOURGOGNE.

———

Si vous êtes allé par hasard de *Joigny* à *Toucy*, après avoir parcouru 16 ou 17 kilomètres environ, vous avez dû apercevoir sur la gauche de la route, quand vous avez monté la côte de *Maurepas*, un vieux manoir avec tours et tourelles dont l'existence, dit-on, remonte aux temps les plus reculés : c'est le château d'*Arthé*.

Ainsi que celui de *Bontin*, qui est situé dans le voisinage, il faisait partie autrefois des domaines du *duc de Sully*, lesquels s'étendaient dans un rayon de plus de sept lieues à la ronde. Ce qui tend à confirmer cette opinion, c'est qu'à propos du château

de Bontin, on lit dans une ancienne chronique, *que Sully prêtait de l'argent à
Henri IV, sur la coupe des bois de Bontin;*
la chronique ajoute même qu'il y avait, dans
ce temps-là, *une compagnie d'archers en
résidence aux Ormes.*

Sully fut en effet non-seulement un sage
administrateur, mais encore un brave soldat
et un vaillant chevalier. Les vues des chefs
de la *Ligue,* l'astuce de Catherine de Médicis
et de ses agents, les caractères et les pré-
tentions de tous ces hommes qui faisaient
mouvoir les partis, s'étaient dévoilés à sa
clairvoyance. Dans ces temps calamiteux
où tous les intérêts, toutes les passions
étaient aux prises, où aucun pouvoir, aucun
frein ne retenait l'ambition et la cupidité;
où rien n'arrêtait le déchaînement du fa-
natisme, des haines et des vengeances,
combattre et vaincre, ne suffisaient pas.
Contenir les animosités, déjouer les intrigues,

les machinations de l'étranger, sonder les intentions, éclairer les projets de tous les hommes puissants, de quiconque avait par lui-même quelque valeur, rallier à la cause du prince et de la patrie tous les éléments discordants, faire avorter les desseins de ceux que l'on ne parvenait pas à gagner, calmer les jalousies, prévenir ou dissiper les défiances entre les *protestants* et les *catholiques* pour les faire marcher de concert au même but, quelle tâche pouvait être plus pénible? Que de pénétration, de sang-froid et d'adresse il fallait pour l'accomplir! Sully, négociateur, déploie ces qualités, comme il avait montré dans la guerre la science unie au plus ardent courage. Le tact sûr d'Henri IV avait discerné dans Sully l'homme habile à démêler les intrigues, à apprécier les hommes, et à manier les esprits.

Arthé a beaucoup perdu de son caractère

9.

primitif, par suite des transformations qu'il
a subies. On voit encore la trace des larges
fossés qui ont dû entourer son enceinte.
Mais on n'y retrouve plus cette vieille tour
féodale qui dominait toute la contrée, et qui
a été démolie et remplacée depuis par une
autre que M. André de la Lozère, l'ancien
propriétaire, a fait rebâtir sur le même
emplacement. La porte d'entrée de la tour
actuelle est taillée en ogive, et elle offre
quelques sculptures qui ont le cachet des
temps anciens. Il y a dans le voisinage du
château un chêne plusieurs fois séculaire
qui fait l'admiration de toute la contrée. Il
mesure 7 mètres de circonférence à sa
base ; il est du reste ou grande vénération
dans le pays.

L'intérieur du château laisse beaucoup à
désirer sous le rapport du confortable. Il se
compose de très-grandes chambres dont plusieurs ne sont pas même habitées. Je parle de

celles qui font partie de la tour et qui n'étaient
pas terminées à l'époque dont je veux parler.
On voit sur les panneaux de la salle à
manger les deux portraits d'Henri IV et
de Sully. Le salon, qui est d'une vaste
étendue, est éclairé par deux croisées qui
transmettent difficilement le jour à travers
ces murs qui ont au moins cinq pieds d'é-
paisseur. La salle de billard, qui fait suite
au salon, et où l'on descend par un escalier
de quelques marches, est voûtée et ressemble
quelque peu à une tente militaire ; il n'y
manque que des trophées et des panoplies
pour que la ressemblance soit parfaite.
Faut-il en déduire que vraisemblablement
Arthé a eu dans les temps passés quelque
siége à soutenir, et quelque injuste agression
à repousser ? Il n'est pas impossible en
effet que ces fenêtres, d'où l'on voit de
ravissantes campagnes, aient été autrefois
d'imposantes meurtrières, d'où partaient les

machines de guerre propres à combattre de
téméraires assaillants. Mais l'imagination
va vite dans le domaine des conjectures ;
et, aujourd'hui, sauf le cri des chouettes
et des hiboux qui habitent les vieilles tours
du château, rien ne vient plus troubler la
demeure vénérable et silencieuse d'Arthé.
Au bruit de la trompette et des fanfares
guerrières a succédé le son paisible de la
flûte champêtre répété à l'envi par les
bergers d'alentour ; et tous ces fiers barons,
dont M. de Malborough partant en guerre
nous retrace la fidèle image, ont disparu
à tout jamais, pour faire place à d'aimables
et intelligents propriétaires qui vivent dans
les meilleurs rapports avec leur voisinage.

Le 24 octobre 1853 fut un jour de fête
pour les châteaux d'*Arthé* et de *Beaurin*.
De nombreux équipages se dirigeaient vers
le village de Saint-Aubin, où les cloches de
l'église sonnaient à toute volée. Les apprêts

qui se faisaient, tant à l'église qu'à la mairie, tout indiquait qu'il se préparait quelque chose d'extraordinaire. En effet, c'était le mariage de M. Charles de La Salle avec Mlle Marie de Nogaret, petite-nièce de Mgr Blanquet de Rouville, évêque de Numidie, qui allait se célébrer, en présence de toutes les notabilités du pays. Déjà, à la mairie de Saint-Aubin, l'honorable M. Lemonnier, maire de cette commune, après avoir lu le chapitre VI du Code Napoléon, concernant *les droits* et *les devoirs respectifs des époux* et reçu le consentement mutuel des époux, venait de les déclarer unis par le mariage, au nom de la loi.

La cérémonie à l'église suivit immédiatement. Tous les châteaux environnants y assistaient en foule : le *château d'Arthé,* représenté par M. et Mme *de Nogaret, leur fils* et Mme *André de la Lozère;* Mme et M. *Arrault,* maire de Toucy; M. et

Mme *La Servolle*; le *château de Beaurin* par M. et Mme *de la Salle*, MM. *Henri, Georges* et *Paul* de la Salle, Mlle *Jeanne* de la Salle; M. et Mme *de Lormaye et leur fils*; Mme *Descontrées*, Mme *Dupuy de Bahon*; Mme *la comtesse de Balathier*, Mme de *Fontanet et son fils*, M. et Mme *de Sentuary* et leurs filles; M. et Mme *Barbaroux* et leurs filles; le *château de Bonlin* par M. et Mme *Ernest de Bonlin* et leurs fils, et M. et Mme de *Gémaux;* le *château de Fourolles* par Mme *de Magny*, et son fils ; *château de Fumerault,* par M. et Mme *Lemonnier*, M. *Génet*, M. et Mme *Bazin;* le *château de Froville,* par M. et Mme *Gravier*, leur fils et M. et Mme *Aucher;* le *château du Bréau*, par M. et Mme *Desbassyms*, MM. et Mmes *de Saint-Didier père et fils,* et autres personnes dont les noms ne me sont pas connus.

M. le curé de Saint-Aubin, dont le visage rayonnait de joie et de béatitude en présence d'un auditoire aussi brillant et aussi distingué que celui qui l'entourait, prit alors la parole, en ces termes :

« Monsieur et Mademoiselle,

« Si jamais mon ministère a eu quelque chose de flatteur et d'intéressant pour moi, c'est surtout en ce jour heureux, où il me donne la satisfaction d'unir en vous l'objet de mon affection avec celui de mon estime, le mérite avec la sagesse.

« Quand la providence de Dieu nous met au monde, elle destine chacun de nous à un état particulier : elle vous a destinés, vous, monsieur, et vous, mademoiselle, à l'état du mariage ; c'est pour cet état que Dieu a préparé vos âmes de toute éternité, c'est pour cet état qu'ils les a ornées dans le temps de toutes les qualités et embellies de toutes les vertus.

« Non-seulement Dieu a disposé vos cœurs pour l'état du mariage, mais il les a encore faits l'un pour l'autre. Oui, monsieur et mademoiselle, vous étiez destinés à vous unir ensemble par les nœuds sacrés d'une alliance sainte. Il est vrai que vous ne songiez pas à cette alliance, vous, monsieur, livré tout entier à des études sérieuses au milieu de la capitale ; et vous, mademoiselle, occupée à l'autre bout de la France à faire le bonheur de vos parents. Vous étiez bien loin, dis-je, de penser l'un à l'autre, mais Dieu y pensait, sa providence s'occupait de vous, elle préparait les voies de votre union ; et quand le moment fixé par Dieu de toute éternité pour votre union est arrivé, alors elle a fait agir les causes secondes et la volonté de Dieu s'est manifestée. Cet événement heureux était inattendu : car il n'y a rien ici de l'homme et nous pouvons dire que le doigt de Dieu est là : *Digitus Dei est hic.*

« L'acte que vous accomplissez, monsieur et mademoiselle, est important, tout l'annonce ; en effet, voyez comme tout est grave et solennel ! quelle pompe auguste et silencieuse ! Tout vous avertit, monsieur, que vous commencez une nouvelle carrière ; que vous allez, comme Adam, devenir le chef d'une famille, et vous, mademoiselle, tout vous avertit que l'image des plaisirs va disparaître à vos yeux devant celle des devoirs. Mais n'attendez pas de moi que je vienne en ce moment vous rappeler vos obligations; c'est une tâche dont me dispense et l'éducation chrétienne que vous avez reçue et les belles qualités qui vous distinguent. Oui, formés l'un et l'autre à la piété et à la vertu, par les leçons et les exemples de parents vertueux, vous connaissez les obligations que la religion impose à des époux chrétiens, et les sentiments religieux dont vous êtes animés sont un sûr garant de votre fidélité à les remplir.

« Vous, monsieur, vous aimerez donc mademoiselle, à laquelle vous allez désormais donner le tendre nom d'épouse. Vous vous étudierez à la rendre heureuse; vous aurez pour elle tous les égards et toutes les complaisances qu'exige la délicatesse de son sexe. Vous serez son appui, sa joie, sa consolation. Vous la regarderez toujours comme une compagne que le ciel vous a donnée pour partager vos soins, vos joies, vos succès aussi bien que vos peines et vos souffrances.

« Mais que dis-je? vous chérirez aussi vos nouveaux parents. Vous porterez chez eux l'esprit de famille et de piété filiale qui vous distingue, esprit qui a constamment été l'esprit de vos ancêtres. En effet, rappelez-vous la piété filiale du chef de votre race pour sa mère! Au retour d'une découverte célèbre, n'a-t-il pas mieux aimé dans un naufrage tout perdre plutôt que de sacrifier l'objet qu'il rapportait pour sa mère.

« Vous conserverez toujours cette délicatesse de conscience que tout le monde a pu admirer en vous. Ce bien est encore en vous un bien de famille : car qui ne se rappelle l'exemple de ce *de La Salle,* conseiller au parlement de Toulouse qui, dans un procès célèbre, aima mieux quitter le parlement que de voter le supplice de l'infortuné Calas?

« Si la Providence vous envoie des enfants, vous les élèverez dans les principes de la religion, principes qui sont héréditaires dans votre famille ; vous vous rappellerez que vous êtes un des descendants de ce vénérable *abbé de La Salle,* rempli d'un zèle si ardent pour le bien et qui jeta les fondements de cet ordre à jamais célèbre des *Frères de la Doctrine chrétienne,* qui compte aujourd'hui plus de trois cents maisons et plus de trois mille frères répandus dans l'univers entier.

« Et puisque la Providence vous a fait dépositaire des biens de la terre, vous n'oublierez pas non plus les pauvres ni pendant votre vie ni à votre mort. Vous vous rappellerez que votre tante, Mlle de *Lagironde,* au cœur si noble et si bienfaisant, n'a pas oublié les pauvres de la paroisse de Saint-Aubin dans son testament. Cet acte de bienfaisance de sa part qui nous met à même de soulager tant de misères, est comme une étincelle de cette charité qui enflammait son cœur pendant sa vie, et qu'elle renvoie du fond de sa tombe à ses descendants, ainsi qu'à ses semblables.

« Enfin, monsieur, si vous devez être fier d'appartenir à une race si noble et si bienfaisante, vous devez aussi vous montrer toujours digne de vos ancêtres; et pour résumer en quelques mots tous vos devoirs dans la prospérité comme dans l'adversité, vous vous rappellerez toujours la devise remarquable de votre famille : *Fortis in adversis, fidelis semper,* courageux dans l'adversité et toujours fidèle. Oui, à l'exemple de vos aïeux, vous serez toujours fidèle à Dieu, fidèle à l'honneur, fidèle à la piété filiale. Oui, vous serez toujours courageux pour faire le bien, toujours courageux pour supporter les coups du sort. Mais, qu'ai-je dit ! n'avez-vous pas déjà été fidèle à cette devise? Tous, n'avons-nous pas dans une circonstance douloureuse admiré votre résignation, votre courage, votre héroïsme à supporter le malheur? Vous avez été vraiment *fortis in adversis,* courageux dans l'adversité. Et nous, plus que personne, nous avons connu votre fidélité à aimer d'un amour inaltérable les objets chers à votre tendresse. Oui, nous aimons à le proclamer hautement, malgré vos soins et vos préoccupations, vous avez été fidèle à rendre ce que vous deviez à leur mémoire. Leur souvenir est impérissable dans votre cœur, *fidelis semper!*

« Vous, mademoiselle, dont la candeur et la bonté sont le premier talent, vous n'oublierez jamais que l'épouse doit être soumise à son époux, aussi vous aimerez et chérirez celui dont vous allez être l'heureuse compagne, et vous ferez sa joie et ses délices. Voilà, je n'en doute pas, ce qu'à l'exemple de votre bonne et tendre mère, vous serez pendant tous les jours de votre vie. Oui, vous serez cette épouse dont parle l'Écriture, cette épouse à qui tous les trésors ne peuvent être comparés : une épouse sensée, chaste et pieuse. Vous aimerez aussi, mademoiselle, la nouvelle famille où vous entrez, vous aurez pour tous ses membres cette piété filiale que vous avez toujours eue pour vos parents; oui, si dans la fleur de votre jeunesse on a vu briller en vous de si belles qualités, on se plaira encore à les admirer lorsque vous serez unie par les liens indissolubles du mariage.

« Vous ferez toujours honneur à l'éducation chrétienne que vous avez reçue au Sacré-Cœur. Vous conserverez toujours les sentiments d'honneur qui ont acquis à vos ancêtres une si juste considération, considération dont jouit encore dans la Lozère la famille si ancienne

des *Blanquet de Ronville*. Vous n'oublierez pas
que la ville de Rhodez s'est longtemps énor-
gueillie de compter vos ancêtres parmi ses
premiers magistrats. Vous vous rappellerez
enfin que vous comptez au nombre des membres de votre famille un prêtre aussi vénérable
par sa science que par sa piété, qui fut le co-
adjuteur de Mgr l'archevêque de Reims, et
qui au milieu des soins si multipliés de son
administration, trouvait encore du temps pour
s'occuper de l'établissement et de la propaga-
tion de cette œuvre admirable de la Sainte-
Enfance, qui a pour but d'arracher à la mort
les petits enfants chinois pour les élever selon
la religion et les faire participer aux bienfaits
de la civilisation.

. « Par tous ces sentiments d'honneur et
de piété filiale, vous serez, mademoiselle,
l'ornement et la satisfaction de la famille si
honorable dans laquelle vous allez entrer ; vous
serez véritablement un objet de complaisance,
une acquisition précieuse aux yeux de ce vénérable chef de famille, de ce père si digne de
votre amour qui vous porte déjà dans son cœur

et qui vous reçoit en ce jour avec effusion dans
son sein. Vous ferez aussi la satisfaction de
cette seconde mère, si digne à tous égards de
votre estime et de votre affection, et qui con-
tribuera si efficacement à votre bonheur. Vous
marcherez sur les traces de l'aïeule de votre
époux, qui devient votre aïeule et qui, par
l'autorité de son âge et de ses exemples, est
si digne de vous servir de modèle.

« Vos belles qualités, vos nombreuses vertus
vous feront aimer de cette famille. Votre nom
lui-même vous rendra chère à ces nouveaux
parents, car il rappelle un nom bien cher; il
rappelle une enfant bien-aimée, un ange que
la terre n'était pas digne de posséder plus
longtemps. Oui, mademoiselle, votre nom
rappellera le nom de celui de Marie; vos
qualités, vos vertus rappelleront les qualités,
les vertus de Marie; vous allez faire revivre
Marie!...

« Enfin, monsieur et mademoiselle, vous
continuerez à mériter l'estime publique, l'estime de ces familles si honorables qui vous
entourent. Vous paraîtrez avec orgueil et dignité

au milieu de ces familles qui seront heureuses
et fières de vous compter désormais dans leurs
rangs.

« Parents fortunés, heureux témoins de cette
touchante cérémonie ! ah ! tous ensemble
livrons nos âmes aux élans d'une joie sainte et
légitime : tout nous y invite, parce que tout
dans cette union se rencontre pour la rendre
conforme aux vœux de l'Église comme aux
désirs de vos cœurs : foi, piété filiale, amour
mutuel, illustration de la naissance, noblesse
de sentiments, fidélité inaltérable à l'honneur,
bons et solides principes.

« O Dieu ! bénissez cette union si palpitante
d'intérêt et si pleine d'espérance ! Bénissez-la
comme vous avez béni celle de nos premiers
parents ; rendez-la durable comme celle
d'Abraham, d'Isaac et de Jacob.

« O Dieu ! qui, par cet auguste sentiment,
avez sanctifié l'union conjugale et l'avez rendue
le symbole de l'union de Jésus-Christ avec
son Église, accordez en ce moment la dot invi-
sible des vertus !

« O Dieu ! seul maître des cœurs, qui unissez

ce que personne ne peut séparer, qui bénissez
et à qui personne ne peut nuire, unissez les
cœurs de ces deux époux, inspirez-leur une
affection sincère; et comme vous êtes l'unique,
le vrai et le seul Tout-Puissant, faites qu'ils ne
soient qu'un en vous, regardez avec bonté cette
aimable et pieuse épouse qui, avant d'être unie
à son époux, veut être environnée de votre
sainte protection! qu'en elle règnent toujours
la charité et la paix! qu'elle soit à son époux
aimable comme Rachel, sage comme Rébecca;
que sa vie soit longue et fidèle comme la vie
de Sarah, qu'elle soit respectable par sa modestie, vénérable par sa pudeur, innocente et
estimée! qu'elle parvienne au repos et à l'é-
ternelle patrie! que tous deux ensemble ils
voient les fils de leurs fils jusqu'à la troisième
et quatrième génération et qu'ils arrivent à
une heureuse vieillesse!

« Anges tutélaires, qui êtes préposés à la
garde de ces époux, bénissez-les! Saints du
ciel, saint Charles, sainte Marie, sainte
Félicité, bénissez! Ancêtres illustres, nobles
âmes, cœurs bienfaisants, qui prenez part à

notre joie, car il y a communauté de joie et
de bonheur entre les habitants du ciel et les
habitants de la terre, bénissez-les aussi, afin
qu'ils soient toujours les dignes héritiers de
votre nom, afin qu'ils immortalisent la noblesse de vos sentiments et de vos vertus!

Parents, amis, nous tous ici présents,
appelons aussi, par nos vœux et nos prières,
sur ce couple fortuné toutes les bénédictions
de bonheur et de durée! Couverte de toutes
ces bénédictions, consacrée par les cérémonies
de la religion, applaudie par les parents, cette
union continuera parmi nous cette chaîne
d'unions dont nous possédons de si touchants
exemples, unions qui feront toujours la
félicité des époux, le plus solide bonheur des
familles, comme elles font la joie du ciel, la
gloire de la société et la juste admiration des
hommes!... Ainsi soit-il. »

L'on comprend, d'après ce qui précède
que la messe a dû être fort longue. La
cérémonie une fois terminée, toute la
noce se rendit au presbytère pour signer

l'acte de mariage. Une musique improvisée,
qui stationnait sur la place du village,
accompagna les mariés jusqu'à Arthé où
devait avoir lieu le repas de noce. Une
table de cinquante couverts était dressée en
fer-à-cheval dans le grand salon; et le
dîner, fourni en partie par Potel et préparé
par les soins d'un cuisinier émérite et tout à
fait digne de la circonstance, offrait un coup
d'œil splendide; aussi pâtés de foies gras,
filets de chevreuil sautés aux truffes, faisans
et gibier de toute espèce figuraient-ils avec
éclat au milieu des vins des meilleurs crus.
Dans ce festin somptueux qui rappelait les
noces de Gamache, j'avais devant moi une
magnifique truite du lac de Genève, que je
contemplais avec stupéfaction, car elle pe-
sait quelque chose comme 9 kilogrammes.
Je savais depuis longtemps que Jonas avait
séjourné dans le ventre de la baleine, et je
me demandais, tandis que l'on procédait

à l'autopsie de ce beau poisson, si la
bourse que l'un des convives prétendait
avoir perdue dans le lac de Genève,
ne se retrouverait pas par hasard dans
son estomac, comme jadis l'anneau du
tyran de Samos se retrouva dans le ventre
d'un turbot!... Mais Dieu est grand et Maho-
met est son prophète. Ce qui veut dire que
la bourse ne s'est pas retrouvée et que nous
en sommes toujours réduits aux conjectures.

Il était huit heures environ lorsque le
dîner se termina. Les tables furent aussitôt
enlevées, un des invités se mit au piano, et
la danse commença. Mais, comme presque
tous les convives avaient deux, trois et même
cinq lieues à faire pour regagner leur demeure, on prit congé des époux et chacun se
mit en route le cœur joyeux et content, en
fredonnant ce vieux refrain d'autrefois :

Allons-nous-en, gens de la noce,
Les mariés vont se coucher...

Il y a longtemps sans doute que le château d'Arthé n'a vu pareille fête, espérons qu'elle ne sera pas la dernière et que la présence d'un jeune ménage viendra apporter de temps en temps sous ses voûtes sombres et silencieuses un peu de gaieté et d'animation !

Ont signé à l'acte de mariage, tant à l'église qu'à la mairie, les personnes dont les noms suivent : M. de Nogaret, Mme de Nogaret et M. Alfred de Nogaret ; Mme André, de la Lozère, tante de la mariée ; M. de La Salle, Mme de La Salle, MM. Charles et Georges de La Salle ; Mme Descontrées, aïeule du marié ; M. J. de Lormaye, Mme de Lormaye, M. Anatole de Lormaye ; M. le colonel de Sentuary, Mme et Mlles de Sentuary ; Mme Dupuy de Bahon ; Mme la comtesse de Balathier ; Mme de Fontanet, M. Ludovic de Fontanet ; M. La Servolle ; M. Truet, Mme et Mlle Truet ; M. Auguste Pomme et

Mlles Pomme ; M. Barbaroux, conseiller
d'État ; M. et Mme Grandjean, MM. Adrien
et Charles Grandjean ; M. Lemonnier, maire
de Saint-Aubin, et Mme Lemonnier ; M. Ge-
net ; M. et Mme Desbassyms ; M. et Mme Auguste de Saint-Didier ; M. et Mme Louis de
Saint-Didier ; MM. Ernest et Adrien Gislain
de Bontin ; Mme de Magny et Mlle Reybaud ;
Mme et Mlle Gravier ; M. et Mme Charpentier
etc., etc.

« Mon cher oncle,

« Il faut que je compte beaucoup sur votre
indulgence pour avoir attendu jusqu'à ce
jour pour répondre à votre bonne et charmante petite lettre. Je n'ai d'ailleurs aucune
excuse valable à vous présenter que ma
paresse augmentée des occupations de la
lune de miel. J'aime donc bien mieux avouer
mes torts et réclamer courageusement votre
pardon.

« Cela dit, je vous remercie bien des vœux
que vous faites pour mon bonheur et des
félicitations que vous m'adressez et que je
reçois de grand cœur, car je m'applaudis
chaque jour de l'heureuse manière dont se
sont terminées toutes mes rêveries de jeune
homme. Je suis heureux surtout des témoignages de sympathie que vous donnez à
ma femme, qui n'en est pas moins recon-
naissante que moi-même. Au surplus, mon
cher oncle, vous savez que j'attache le plus
grand prix aux conseils que vous voulez
bien me donner, et moins que jamais je
voudrais les négliger. Vous savez que j'aime
le travail et que je suis intimement convaincu
de la nécessité d'une occupation, surtout à
la campagne. Croyez donc bien que je vais
poursuivre mon droit avec ardeur, et que
tôt ou tard j'y arriverai.

« Chacun autour de moi me charge de
mille tendresses pour vous et pour ces dames.

Anatole est, lui aussi, bien loin d'être oublié
et nous regrettons tous sa gaieté et son esprit, qui nous faisaient passer si agréable-
ment ces longues heures de l'automne. Si
je n'avais pas été si coupable envers vous,
c'est à lui que j'aurais adressé ce griffonnage.
Embrassez-le pour moi et pour tous et laissez-
moi à mon tour vous assurer de toute ma
reconnaissance de vos bontés pour nous et
enfin vous embrasser de tout mon cœur
comme vous aime

« Votre neveu,

« CH. DE LA SALLE. »

Beaurin le 3 décembre 1853.

FIN.

Paris. — J. CLAYE, imprimeur, 7, rue Saint-Benoît. [1180]

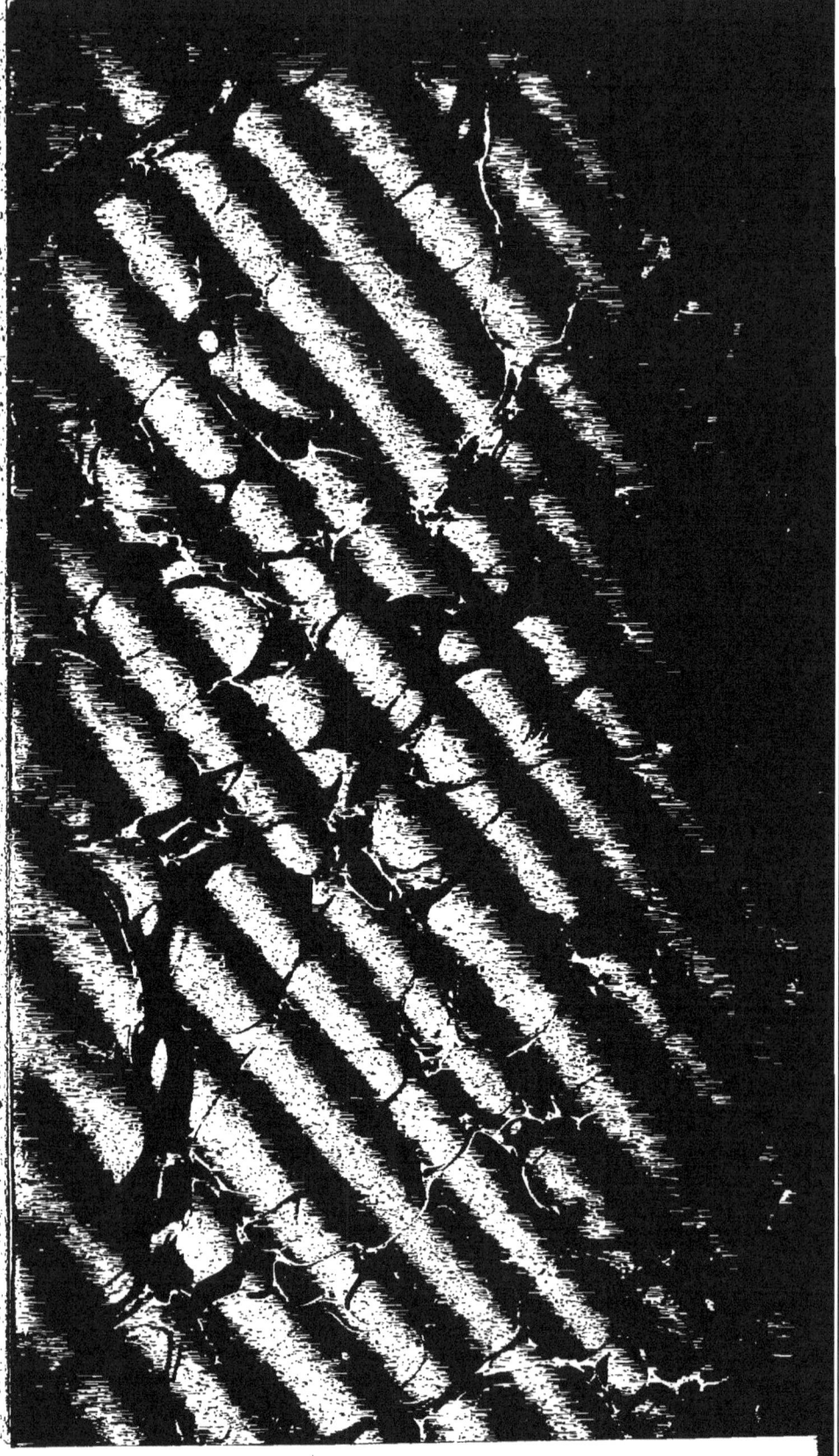

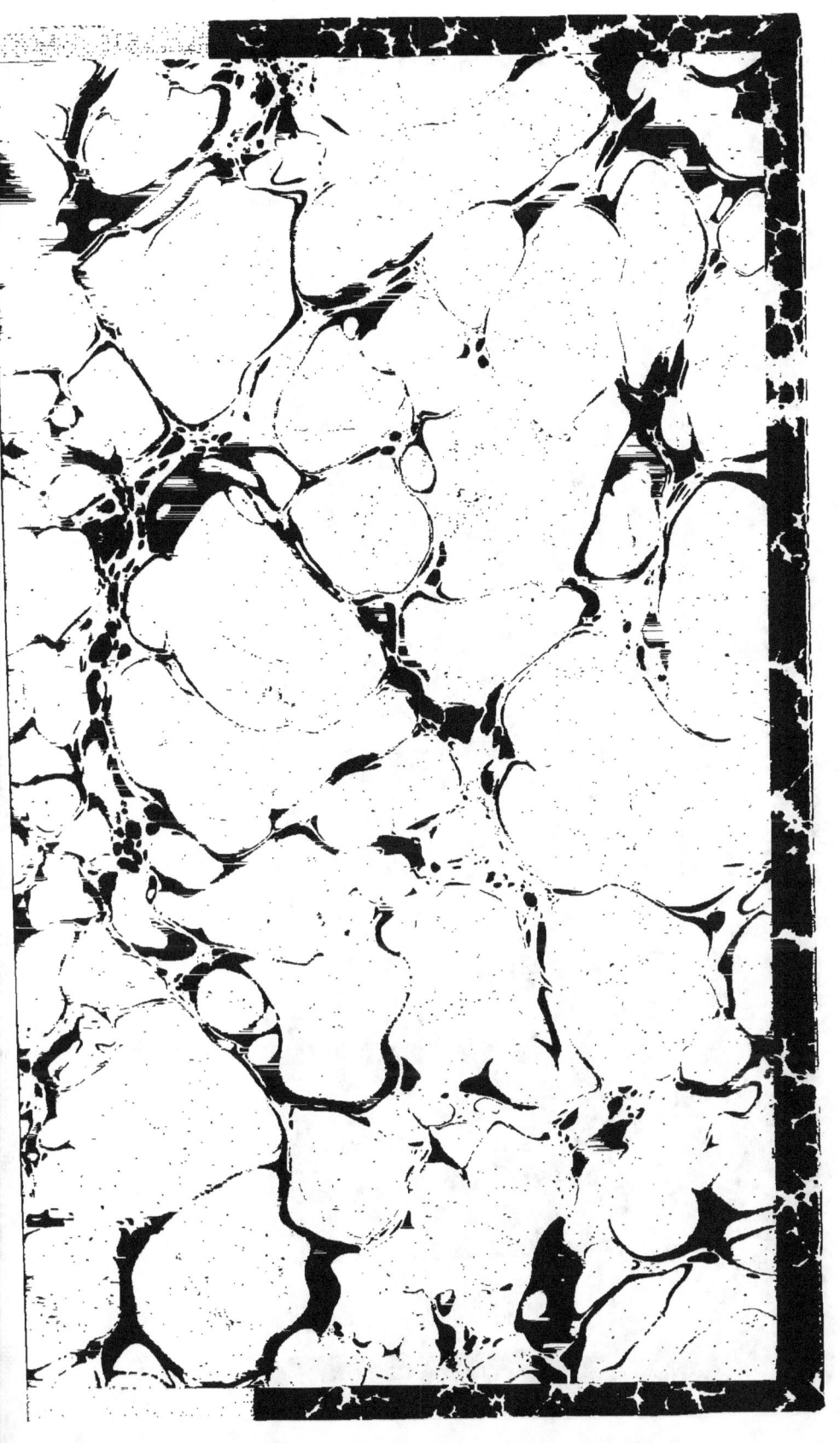

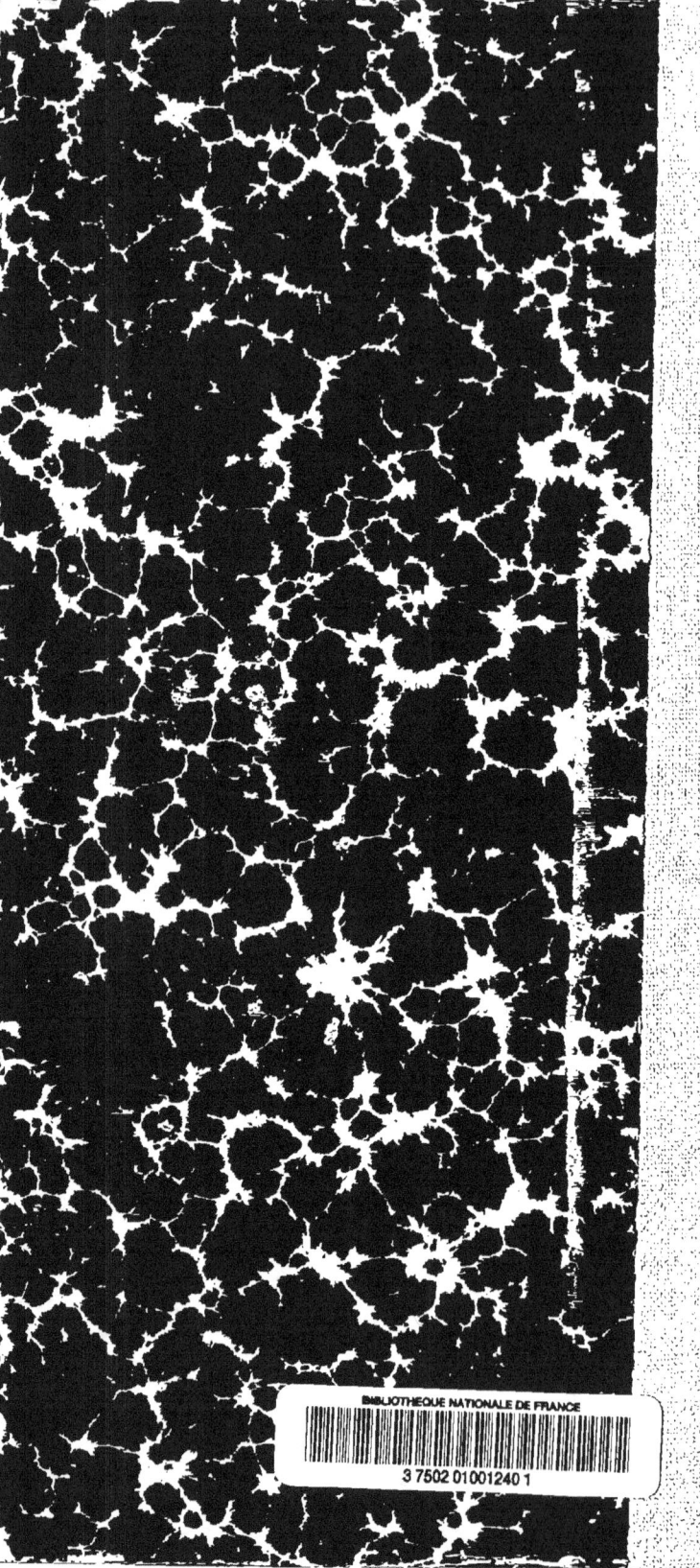

www.ingramcontent.com/pod-product-compliance
Lightning Source LLC
Chambersburg PA
CBHW070840030726
47504CB00005B/1165